U0560465

青海味道

陈元魁 ◆ 著

青海人民出版社

图书在版编目（ＣＩＰ）数据

青海味道 / 陈元魁著 . -- 西宁 : 青海人民出版社，
2016.12
ISBN 978-7-225-05028-7

Ⅰ.①青… Ⅱ.①陈… Ⅲ.①散文集－中国－当代
Ⅳ.① I267

中国版本图书馆 CIP 数据核字 (2017) 第 016078 号

青海味道

陈元魁　著

出 版 人	樊原成	
出版发行	青海人民出版社有限责任公司	
	西宁市同仁路 10 号　邮政编码：810001 电话：（0971）6143426（总编室）	
发行热线	（0971）6143516 / 6137731	
印　　刷	陕西龙山海天艺术印务有限公司	
经　　销	新华书店	
开　　本	720mm×1010 mm　1/16	
印　　张	12.25	
字　　数	160 千	
版　　次	2017 年 4 月第 1 版　2017 年 4 月第 1 次印刷	
书　　号	ISBN 978-7-225-05028-7	
定　　价	30.00 元	

版权所有　侵权必究

目　录

第二辑：舌尖上的青海 /27

青海味道

目录

3

目录

第一辑
花儿名句随想

青石头栏杆玉石头桥

青石头栏杆玉石头桥，桥底下还有个吊桥。

花儿毕竟是民间口头创作的艺术，即兴唱出，只为句子"连相"，不甚理会内容是否经得起推敲。像这两句，势必让桥梁专家取笑。石桥下有个吊桥，世上哪有如此叠床架屋的建筑艺术？浪费材料不说，也不美观。诚然，这是"鸡蛋里挑骨头"。花儿表白的是一种美好宏愿，人间多桥。诚如民间所说的"话丑理端"，需要理解。

多桥的城市一定是发达的城市，这当然不包括独木桥。独木做桥，入画有意境，入诗产生美感，但实用价值太低。"你走你的阳关道，我过我的独木桥"是自愧弗如、不求进取、得过且过的旧观念。"千军万马"抢过"独木桥"，追逐热门，相互倾轧挤兑的现象更令人头痛。人们需要和向往的，无疑是那些畅通的桥，无论它是架在河上还是架在人们的心上。

小时候观看秦腔传统剧《天河配》，又听大人讲牛郎织女的故事，说七月七这天，世上所有的喜鹊都飞入天庭，在银河上集聚成一座桥梁，供牛郎织女相会。这美丽浪漫的民间传说已被庸常的尘嚣掩尽，《天河配》一类的旧戏也绝少出演。但"鹊桥"有着顽强的生命力，被现代的婚姻介绍机构沿用。"鹊桥联谊会"旨在提供机会、场所，让那些苦于找不上对象的男女早结姻缘。可见"鹊桥"虽然虚幻，却由于"为人提供方便"的精神内涵而经久不衰。

前不久，《西海都市报》刊载某先生介绍当年西宁桥梁的文章，其中提到"握桥"。笔者以为，"握桥"应为"窝桥"。青海方言中，窝可解为凹或缩。"你窝在家里"即"你缩在家里"的意思。解放初期，南川水磨村附近有一座极其简陋的便桥，两头路面高，下斜坡才是搭在沟底的便桥。当地村民称它窝桥，想必以其下凹的状态而得名。

交通便利，桥是必不可缺的因素。逢山开洞，遇水架桥。像笔者提到的这座窝桥，结构虽然简陋，却是南川道上的要冲，每每被山洪冲刷，桥面塌陷，交通便受阻。那时候城郊乡野能有这样的桥，值得庆幸。更多的河流水沟，在两岸垒些石块，横搭一根树干或两根树干做桥。过这种桥，青壮年尚可，头昏眼花的老翁和小脚老妪只能望而怯步。夏秋雨季，猛水下泄，此桥不复存在。难怪那时候人们把修桥补路奉为头等善举。

那时候西宁市民心目中名副其实的大桥，无非通济桥、惠宁桥，即现在的西关桥和新宁桥。偌大一个省城，被流经市内的湟水河、南川河分割成数片，城中、城西、城北之间人们商贸交流，非这两桥，别无他途。市内小孩拣了杂骨，要去小桥化工厂收购，得步行绕道城西过惠宁桥方可到达。南川东路的居民去一河之隔的西路办事，得先进城过通济桥再南行数里才能到达，费时费力。想省事只能涉水过河。无奈夏秋雨季水流湍急，冬春水寒侵骨，想平安，还是绕道为好。

东稍门外的玉带桥，早年在市民心目中地位不菲，似乎是因为这好听的名称。近年，曾有外地旅游者有感于这典雅的名称，设想必是一座玲珑别致的玉砌古桥，其形、其势、其名均可与江南的名桥媲美。东问西觅找到瓦窑沟，有的只是一个被参差错落的民房拥挤着的泄洪涵洞，哪有什么造型优美的玉砌古桥！惊讶之余，对玉带桥名不副实的现象困惑不已。

这类轶事 50 年代也曾有过。京城来一画家，探知西宁城郊有一名胜——天边月牙桥。明查暗访数日，竟无人知晓。后遇知情老翁，领画家出水眼头经鱼场台到南山寺脚下，眼见为实，原来是搭在官渠上的半块石磨，不禁感慨系之。玉带桥也罢，天边月牙桥也罢，有其名而无其实，被人淡忘便在情理之中。桥之实是连接此岸与彼岸，使天堑成为通途。从最原始简便的独木桥到结构复杂、造型优美的钢筋水泥大桥，桥的演变自有一番曲折，作为受惠于桥的行人，记忆中或多或少都会保留一些与桥有关的往事，除非他是那种"过河拆桥"的人。

六七十年代以及此前的漫长岁月中，贵德黄河浮桥在当地各族群众心目中，坚实而又神圣。十几只木船用几股粗硬的钢绳一字固定在宽阔的河面上，再由木排把各船连接形成桥面。载重汽车缓缓驶过浮桥，船身下沉，桥面发出嘎嘎吱吱欲断欲裂的响声，令初次过桥的行人胆战心惊。这座古老的浮桥，维系着贵德全县民众的生活，外来的大到拖拉机，小到针头线脑的日用百货杂品，自产的小麦、水果、禽肉、皮张，皆由这浮桥上运进运出。无奈囿于浮桥的木质原始结构，隆冬奇寒黄河封冻，为避免冰凌挤破船体，事先要拆除浮桥。有时未及实施，一夜之间被冰凌冲撞得七零八落，交通从此中断，等破冰或春暖冰开才能修复。1978 年，一座钢筋水泥大桥稳跨黄河，因浮桥破碎交通中断的现象从此成为历史。但贵德民众并没有轻易忘记浮桥在漫长的岁月中为他们立下的汗马功劳。

桥与行人的关系，类似空气与生命的关系，虽须臾不可分离，却不太在意它的存在。行人踏踏而过，只觉得是道路的一部分。究其缘由，是人类惯于居高临下俯视脚下的道路，而道路又与桥梁贯通，感觉中很难把桥从道路中分割开来强调它的存在。倘若拉开距离站在河床上从侧面正视或者仰视桥梁，桥就会傲立于人的视野，给人强烈完整的印象。笔者 70 年代出差武汉、南京，挤出时间专门去观赏武汉长江大桥和南京长江大桥。从桥头堡下的花园仰视这两座雄伟壮丽、美观坚固的大桥，惊心动魄之余，油然赞叹人类的创造力。在真正高大宏伟的事物面前，人类情愿俯首贴耳。中华民族在古代修建了赵州桥，在当代接二连三修建了好几座长江大桥，这中间难以计数的座座桥梁，一笔笔记载着数千年桥梁演进的文明史。历史的巨轮，就是从这些有形无形的桥上滚过来的。

近年，西宁城建规模加大，道路拓宽的同时，一座座大桥陆续建成。有了这些造型美观、坚固耐用的"玉带"，城内道路如网状辐射，四通八达。有的大桥护栏是汉白玉打造连缀而成，结构紧密，造型典雅，把传统建桥风格与现代建桥技术融为一体，蔚为壮观。花儿里憧憬的青石头栏杆玉石头桥，已成事实。

花花被儿绿档头

档头，青海民间有两种概念：其一，指被子朝着枕头的一边，睡觉前拉被窝，必须让档头朝上，如此，免得时常捂脚的一边捂在嘴上。其二，被子缝好后，在认定被头的一边另外缝上一块布，用来护住被头，这样，拆洗易脏的被头要比拆开整个被子便利。这块后缝上去的布，就叫档头，也有叫被头的。

60年代初，市场上有一种印花布，大朵大朵的花，其间密布着枝叶，色调厚重艳丽。城乡大多数人家都买这种印花布做被面，比现成的印花、织锦缎被面便宜、耐脏、耐洗，适宜贫困人家的消费条件。在这种花里胡哨的被子上缝一块绿色棉布的档头，就成了花儿里唱的：花花的被儿绿档头，样样儿新，绣给的花儿嘛俊了。自然，在那花儿产生的年代，除少数富庶人家，众多城乡居民是盖不起这样奢侈的被儿的。那时候，一般市民家里，四五个人只有一床被子的现象屡见不鲜。大人睡在两边，孩子夹在中间，倘若一边的大人转身又要捂严被子，另一边的大人甚至中间的小孩就得挨冻。农村的情况更是可怜，个别人家的土炕上能有一床被儿，是可以向人炫耀的事情，虽然这床被儿的被面、被里不过是手工粗制的褐子。多数人家睡觉盖一件皮袄（当然是白板破皮袄），盖一条沙毡，就阿弥陀佛了。那沙毡是粗羊毛擀制的，盖在身上硬而翘翘的，四边透风，毡边如果与肉体相磨，痛痒难耐，于是有了夫妻夜半作喜，沙毡边"割"疼孩子求饶的笑话。

青海解放后，交通逐年改善，物资也渐次丰富起来。从窘迫的生存境况中摆脱出来，首先一条，得把睡觉的状况改变一下。试想，一条被儿下挤着几个胴体，如何安睡？夜里睡不安稳，白天哪有精神？哪怕一星期不吃荤，也得添置一床被褥。于是，扯花布、买棉花、撕羊毛，家家忙活起来。妇女们跪在炕上，小针缝，大针引，一床绵软崭新的棉被就问世了。叠起来放在炕角，鼓鼓地发散着温馨。那些一时还无力添置新被的，眼看要落后，努力把旧被改造一下，或拆洗换上新被里，或把压实的棉花网套弹虚弄软。于是乎，从内地上来弹网套的人背着长弓在街巷里转悠吆喝，被某家主妇唤进院里，铺设网床，铮铮嗡嗡地把旧网套弹得雪花纷飞，转眼变得新棉般柔白。

有那心细的妇女，觉得被头易被脑油弄脏，整个儿拆洗又费事又费棉线，灵机一动，找一块干净白布缝住被头。档头，由此应运而生。

防寒保暖，是被褥的实用功能。青海气候偏寒，即便是盛夏三伏，夜里睡觉不盖被定会着凉。尤其那时节的土木结构民房，低矮、阴湿。腰腿有病的人以及老者，夏天尚且要睡热炕，岂能不盖被子乎？如此，被褥里装什么，颇有讲究。条件好的家庭，用棉花装薄被，夏天盖；用羊毛装厚被，冬天盖。如果用驼毛装一床被子让老人或体弱者受用，再好不过。可怜生活拮据的人家，好不容易添置了一两床新被褥，春寒秋凉都用它覆体。如是棉花被，隆冬注定要蜷住身子；如是羊毛被，盛夏又得受点儿小罪。

　　除去保暖防寒，被褥的装饰功用是居家的一个不可轻视的要素。购买花色艳丽的棉布做被面，抑或直接用苏杭织锦缎被面，无疑都是为了美观。试想，把一床只用白纱布或灰粗布裹住棉胎的被儿叠放在炕角，另一个炕角叠放一床织锦缎面的被子，两者相比产生的结果会是怎样？难怪妇女们十分在意被面、褥面的花色、质地呢。床角摆两床叠得整整齐齐的花被，那花团锦簇的被面被窗户里射进的天光照耀着，不同的角度产生不同的光彩。那活泛的流光溢彩给人多少怡目的美感！而主妇的心气、秉性，居家的温馨、富足都从这些怡目的光彩中透露出来，让人美不胜收。

　　在特定环境里，以美观而引人注目的被子还能体现另一种风格。君不见，部队营房内，一色雪白床单的大通铺上，一溜草绿薄棉被叠得刀削斧劈了一般，四棱见角，八面出线，体现着整齐划一的规范美，叫人不禁纳闷，布表棉胎的软和被儿，何以弄得像砖头木方一样硬挺平齐、

青海味道

10

见棱见角？进而便钦佩那些武能使枪弄棒，文能诵诗歌唱的巧手战士。每逢节假日，这些被子被他们抖开搭在院里的铁丝上晾晒，绿色被子上护着雪白毛巾的档头，绿处绿得怡目，白处白得耀眼。如果细心点儿，从护被头的毛巾上能看出被子的主人是勤快还是懒散。此是题外话，就此打住。

美观，既能激活人的感觉，又能体现人的一种愿望。青海婚俗，姑娘出嫁至少要陪两床被子。这两床被子，浓缩着母亲对女儿的万般疼爱和寄托的绵绵厚望。被面、被里、棉花套都要精心挑选，颜色要鲜艳（多以红色为主调），质地要优良，图案要富丽堂皇，多数人家首选的自然是苏杭产的高档织锦缎被面。清贫农家，最不济也得买两条大红的线绨被面。而后是精心缝制，一针针，一线线，把母亲及全家人的疼爱与厚望缝进被子里，自信婆家亲友见了这陪嫁的婚被，从这密针细线中觉察到娘家人绵绵的心意和厚厚的期望；也自信新婚夫妇有这婚被作陪，喜喜欢欢，恩恩爱爱，美满百年。

这种极富人情味和生活韵律的现象眼下似乎渐渐地淡了下去。除了远乡山村依然沿用着手工缝制婚被的习俗，城市及近郊的人家都已懒得费事，拿现钱去商店选购现成的被褥。这当然没什么不好。现时的年轻人，喜欢迎合时尚，对传统的大红大紫的色调不甚感冒，而是追求高雅、素洁，体现个性。再说，时下的商场什么没有？以百姓的话说，只要有钱，想买晒干后扎成把的眼泪也能买到，选购几床理想的被褥实在是小菜一碟。无论是棉花的、丝棉的，还是羊绒驼绒的、太空棉的，应有尽有，里子、面子全是新兴纺织材料，新潮的花色款式，轻柔、绵软、保暖透气且富有弹性，且成套成套的，又有相配套的包装，一手交钱一手交货。到时候随新娘抬上喜车，又光鲜，又体面，又新潮。何乐而不为？只是生活因此而少了几分情趣，原本厚实丰富的婚嫁仪式也就显得简易随便了点儿。作为弥补，同时又体现重视，办法是多陪几床被褥，四床六床八床，如此一来，纯情的民俗中就多了几分炫耀和造作的味道。

鸳鸯枕头不稳当

鸳鸯的枕头不稳当，尕妹的胳膊（哈）枕上。民间自有独到的机智和风趣。想枕尕妹的胳膊，就说鸳鸯枕头不稳当，这需要人们心照不宣的理解。设若鸳鸯枕头有知，从此不给见异思迁的主人服务，不知主人作何感想？

有这样一则电视广告：枕上绣着一对戏水鸳鸯，其中一只"游"了出去，停在另一只枕上。这当然是寓意，暗示同枕的有情人因故分卧，这"故"就是可恶的感冒病毒。这则宣传感冒药的广告，创意比较含蓄，没有赤裸裸的煽情，观众看了身上不起鸡皮疙瘩。

近日，中央电视台第二套节目的生活版块中，消费驿站栏目对眼下上市的各种枕头做了调查评说，对单孔、四孔、七孔以及磁性枕头的实用性做了客观的报道，提醒消费者在选购枕头时因人因时而异，不要盲目从众，这引发了笔者说说枕头的兴致。

做人，枕头是必不可少的生活用品，从嗷嗷待哺的婴幼儿到行将就木的老人，谁不是终生与枕头为伍？"瞌睡遇了枕头"这句俗话，不但形象地说明了人与枕头的关系，还有一层弦外之音：得其所好。可见，枕头除了实用，还会生发引申出一些文化意味。唐朝沈既济《枕中记》记载：贫寒学士卢生，在邯郸客店遇一道士，诉说贫寒的苦衷，道士给他一枕，让其在梦中享尽荣华富贵。一觉醒来，店家的黄粱米饭还没煮熟，足见人生美梦的虚幻短暂。这是成语"一枕黄粱"的出处，类似的与枕头有关联的成语还有"高枕无忧"，其旨意与本文无涉，不再赘述。

笔者青少年时期，当地人家通用"菜瓜枕头"。其实，拿菜瓜比枕头并不准确，只能说大体上形似。这种枕头长方形，通常用元青和头蓝布做枕皮，两边是绣花档头，内装荞麦皮。同是枕头，由于绣花档头的工艺精拙而分出审美效果的高下。比起肚兜、袜溜跟、针线荷包，枕头堂而皇之摆放在炕上显眼的地方，亲友往来又在炕上款待，故而妇女们绣枕头要比绣其他东西更为用心。这种绣了"鱼儿戏莲""喜鹊弹梅"等传统图案的枕头，在婚嫁中当作娘家人馈赠给婆家主要亲友的礼品，众目睽睽下接受妇女们的检验和挑剔，刺绣手艺不到家，是不敢亮在人前的。

这种装了荞麦皮的枕头搬取轻巧，枕在头下稳当、凉爽。无论怎样转头，枕头会依据人的头脸形状改变它的凸凹、坡度，给人恰到好处的舒适感。自然，功在荞麦皮。它蓬松轻滑，透气性好，会依据不同角度的压力改变它的组合状态。

枕头的实用范围有限，人们除了睡觉使用它，平时并不怎么在意它的存在。就当地人而言，一生中至少有两次要强调枕头的意义：一是婴儿出生后，为防止把头颅睡歪，家长十分留意枕头发挥的作用，给婴儿枕一本薄厚适宜的书，或用豌豆装个小枕头，旨在让可塑性很强的婴儿脑袋睡出理想的形状。二是娶亲成家有抢枕头的风俗。新郎、新娘争先入洞房，把床上的枕头压在屁股下，以求婚后生活中始终处于优势，这当然是封建糟粕。

除了大众化的"菜瓜枕头"，那时候还有些特殊的枕头。笔者曾见一老妪枕着一只小木箱，箱盖中间部分凹下去，前边有搭扣，还有小锁，据说里面装着老妪心爱的细软。除此之外，据说有些富贵人家还有瓷枕、玉枕，枕这样的枕头有健心安神、醒脑明目的功能。笔者当时无缘目睹，近年却在文物地摊上见过瓷枕、玉枕。

后来，绣花、印花带皱边的枕头渐渐被人们接受，因它的轻便美观，被乡民们叫作洋枕头。这种枕头得有一个相配的枕心。当时荞麦皮难寻，民众用的枕心里大多装的是麦草。这麦草刚装进去鼓鼓囊囊的，枕一段时间后压实，又轻飘飘的，挪动一下会有针尖似的草屑从布缝中钻出来，让人脖颈发痒，是名副其实的"绣花枕头一包草"。

如今，随着床上用品日益增多，配套的枕头款式也多起来，色调更是丰富。基于它的功能，万变不离其宗，它的形状没有多大改观，无非把单枕弄成连枕，把长方形缩成正方形。要做文章，得在枕心上下功夫，或在应用功能上创新，磁性枕因此应运而生。中国古有疗病养生的药枕，这磁性枕就是药枕在新时代的延伸和发展。

毡帽里捂脚（者）哩

尕妹的门上蹲着哩，毡帽里捂脚（者）哩。

试想，为了与情人见上一面，寒冬腊月深更半夜守候在她家庄廓外某个角落，久久不见她出来，走开又不甘心，只得摘下头上的毡帽暖暖冻麻木了的双脚，此情此景何等感人！

估计那时候人穷，穿不起保暖的好鞋，坚持等候又怕冻坏了双脚，急中生智用帽子捂脚，这顾此失彼的举措，如今的年轻人听了，讥笑之外，想必会提出这样的疑问：何谓毡帽？

顾名思义：用毛毡做成的帽子。解放前后很长一段时期，青海农村人家积攒下足够的羊毛，请来毡匠擀毡，顺便擀几顶毡帽让家里的男人戴。擀毡帽的工艺比擀毡复杂，用料也比擀毡讲究，一般选用粗纤维少的细羊绒或羊羔绒。细心人家，平素把公羊蛋囊上的细绒积存下来专用以擀制毡帽。这种绒细柔，擀出的毡帽薄巧柔软，保暖性强，是毡帽的上品。毡帽的外形如同后来军人戴的钢盔。戴时，把周边卷上去，后面卷得宽，前面少卷或者不卷。倘若风雪寒天，索性不卷，深深地扣在头上，护住耳朵、脖颈。除此之外，毡帽因质地紧密富有弹性，保暖隔潮，还有一帽多用的功能：肩挑重物时可以垫在扁担下保护肩膀；野外睡觉时可以叠起来垫在石头或土坎上做枕头；劳作疲乏，想坐下歇息片刻，怕地皮潮湿凉了肚子，就把毡帽垫在屁股下面。垫后用手整理一下，又是一顶好端端的帽子，不走样变形。可见，被人情急之下用来捂脚，并非偶然。毡帽有如此多的好处，别说拥有它的农民喜欢，就连天上的老鹰也对它情有独钟，斜刺里飞下来，将路上行人的毡帽掠走，架在树杈或崖缝里做窝，产卵育雏。

　　50 年代初，毡帽逐渐被时兴的八角帽取代。这无疑是红军服饰的遗风。很快，帽墙上的八角消失，圆顶的硬檐便帽风行开来。那时节，城乡群众冬季防寒的棉帽大多由自己手工缝制，里面装些棉花。晴天，把两片护耳和后面的帽墙翻卷上去，用带系住。风雪天，放下护耳和帽墙护住脖颈、耳朵和脸颊。这种棉布缝制的装了棉花的棉帽洗几次就变形，紧缩得皱皱巴巴，扣在头上给人寒碜的印象。也有把它改造的，农村有的人家捉了野兔剥下皮子，或用家里多余的狗皮，蒙住棉帽的门面和护耳，强化它的防寒功能。因了蒙在帽子前面的那块毛皮方方正正、毛茸茸的，看上去颇有点儿气势，这种棉帽便有了一个响亮的名号——火车头。

鸭舌帽虽没有普遍盛行，但人们并没有小瞧它的流行。那时的戏剧电影宣传招贴画上，大凡工人都戴着鸭舌帽。基于这种现象造成的心理定势，有些工厂的工作帽就青一色是鸭舌帽。从此在人们的心目中，鸭舌帽成了工人的代名词。但不知为什么，青海民间有人把鸭舌帽叫作"砍头帽"，大约鸭舌帽的形状前尖后钝，有点儿像平放头上的一把斧头，因而得名吧。不过此后，人们有意无意地发觉，某一阶层或某一群体可以有自己喜爱的服饰，穿戴这样的衣帽似乎最能体现自己的职业特点或气质。比如贝雷帽，曾被搞艺术的人们所偏爱。导演、画家、音乐家、摄影家，把有颜色的尼子或者绒线编织的贝雷帽软软地歪扣在头上，显得别致而洒脱。因了贝雷帽的形状和帽顶有一点儿把儿，百姓们照样能给这种洋味十足的帽子起一个十分土气的名称——辣缸盖盖。

帽子除了防寒护发的实用，也是服装中最具装饰性的东西。装饰从美，由审美变异为一种精神狂想，可以说军帽开了空前绝后的先河。君不见，文革中后期，草绿色军便帽成了时尚，男女老少以戴一顶军帽为荣。军便帽一时成了紧俏商品，上市即售罄。有些服装鞋帽厂因此增加了产值，社会上抢军帽的事时有发生。

后来，也就是大喇叭裤时兴那阵，大凡穿着喇叭裤在街上晃荡的年轻人，仍旧戴着草绿色仿军便帽，不过要在帽子里垫上一团东西，以便把帽顶撑出一个翘角。据知情人说，十有八九垫的是一条揉成团的红色尼龙纱巾。把帽顶前部分撑高，似乎是为了体现一种耀武扬威的气派，不得而知。也许是之后大盖帽成为时尚的先兆？

不过，大盖帽真的风行起来。这种曾局限于军队内部的帽子，如今竟广泛使用起来。司法、检察、工商、税务、商检、铁路……都有专职制服，出进戴着大盖帽，很威风，很气派，有点儿吃"皇粮"的味道。似乎真有戴了大檐帽就忘乎所以的人。不然，民间怎么会出现这样的俚语：大盖帽，两头翘，吃了原告吃被告。

近年，人们生活水平提高，体质增强，寒冬腊月戴帽子的人不多。但这并不意味着帽子从此不再时兴。只要去个体服装集市走走，就会得出结论：如今市场上帽子的花色、品种、款式，是空前的，是此前的任何历史时期都无法与之比拟的。

如今，礼帽也盛行起来。这礼帽，如我国的旗袍，历经数代盛行不衰。产生过享誉国内外的名牌产品，如天津的盛锡福。溯源，这礼帽其实与毡帽同出一脉，原料都是绒毛。区别在于毡帽是民间手工制作的，礼帽是机械加工的。因工艺上的粗细优劣，拉开了两者的档次。毡帽是"下里巴人"，礼帽是"阳春白雪"。同是帽子，有了高低贵贱之分。这不是谁想故意做这分野。试想，让《上海滩》里的许文强戴上《祥林嫂》里贺老六的毡帽，再把许文强的礼帽扣在贺老六头上，会是什么情景？

自然，礼帽是不能捂脚的。

清茶不喝奶茶喝

　　把客人不肯喝的清茶撤下来，换上奶茶，对于如今的城市人，并非难事。随处买一袋牛奶，电子打火煤气灶使用便利，不等撤下的清茶凉下去，醇香的奶茶就能上桌。然而在花儿产生的那个时代，这种便利只有极少数人享有。故而，花儿里这句话，只是一种慷慨乐施愿望的指代，并非实指茶水。

　　柴米油盐酱醋茶，生活的七大要素中，茶排在末位。比起其他，茶有则好，没有也不要紧，不至于饿肚子死人得软骨病。实际上，这种可有可无的东西一旦有了，人们也难以离开。不与生命攸关却可以当作品评把玩的事物，为生活增色添味，恐怕是"茶艺""茶道"形成并得以流传的最初动因。

　　就青海各族民众而言，茶并非可有可无。《西宁府新志·艺文》载："唃厮啰人喜啖生物，无蔬茹醋酱，独知用盐为滋味，而嗜酒及茶。"顾炎武说："茶之为物，西戎、吐蕃古今皆仰之，以其腥肉之食，非茶不消，青稞之热，非茶不解，故不能不赖于此。"

茶在青海民众生活中的地位，由此可见一斑。

文人雅士品茗，川湘阁老喝功夫茶，多是玩有闲阶级的清韵雅趣，而百姓喝茶只为实用。拿青海农民为例，只知道喝茶可以解乏消渴。至于茶水何以能解乏，茶中富含什么物质或微量元素，并不在乎。通常误认为多放茶叶熬出酽茶就能尽快消除疲劳、振奋精神，常常把茶水熬成牛血一般。喝这种酽茶上瘾。笔者认识的一位老者，几十年酽茶喝下来，上瘾不说，还培养了一些寄生虫在肚子里。倘若连续三天不喝酽茶，就有虫子挠他的喉咙，吐出来，蛔虫一般，且一气能吐出多条，老者称为"茶虫"。

好在青海农民多年来喝的清一色全是茯茶。茯茶在茶的家族中属低档，相对便宜，六七十年代一包湖南益阳砖茶不过三元。一般五六口的人家一包砖茶可饮用月余。茶虽便宜，但在人们心目中分量重。据说解放前过年走亲戚，包一角茯茶做礼物并不会被视为寒酸。至如今，婚丧嫁娶的礼物往来中仍旧少不了茯茶。当然，不是一角儿，而是两包甚或四包。

我们小时候，无论自家或亲戚家，喝茶现炖。火盆里生着煤火，将砂罐煨在火旁，水沸，撮少许茶叶投入罐中，飘出茶香将砂罐提到一边，罐里茶水依然欢欢地滚动着（俗话说：砂罐不滚，滚了不肯）。这茶倾入碗里，汽头上茶香四溢。即喝嘴上要烫出燎泡，条件好的人家，炖茶用"镣子"：一种搪瓷梯形圆柱形容器，口小底大，有把儿。但据说镣子炖茶不如砂罐炖得味醇。

除了茶叶，炖茶还要下盐。茶里没盐水一般。但不是所有人家都喜喝有咸味的茶。似乎可以大体上认为，早年城里人炖茶不下盐，农村炖茶十有八九下盐。讲究的人家除了盐，还要下姜皮、花椒、荆芥、薄荷。常饮这种茶，有醒脑祛风、健脾和胃的保健养生功能。只是荆芥味儿怪，一般人喝不惯。

亲戚来了让上炕，无论在火盆上炖茶或在灶火门里炖茶，总得忙活一阵子；也无论来客渴不渴，想不想喝，甚或来客声明不喝茶，不必主人麻烦，主人照样上茶不误。这是主人待客不可缺的一项内容，也是主人好客的体现。心地憨实的庄稼人，决不像宋朝的高僧佛印，因客而异，搞"茶、上茶、上好茶"的玩世把戏。端上桌的虽是一碗清茶，却滚烫如主人的心情，其浓不亚于醇醪。主人还唯恐轻慢了客人，频频礼让，"喝点儿清子"，见客人喝得鼻尖冒汗心里才踏实。

后来有了暖水瓶，现喝现炖茶的习惯随之淡下去。客人来，撮些茶叶丢入茶杯，再撮点儿盐，提起暖瓶冲入开水，便成一杯茶。这茯茶放少了味淡，放多了，酱色的茶叶、茶梗膨胀起来塞满茶杯，要使劲吹着才能呷一小口苦涩的茶汁。也有人家索性将茶叶塞进暖瓶，提着上山下地劳动，渴了，倾一碗就可牛饮。方便是着实方便了，但这种茶喝进嘴里总有一点儿"熟汤"味儿，不美。

再后来，尤其是城里人家，基于讲求实际，来客先征求意见：喝茶不喝？喝，现沏；不喝，免了沏泡的忙活，省下茶与水。很简便也很现实，却让人觉得缺了点儿什么。

自封闭的地理位置被时代潮水冲开，五湖四海的建设者涌入青海，茯茶在这里一统天下的格局也随之消亡。高、中、低档的绿茶、红茶、花茶逐渐被不同阶层的人们适应和接受。如绿茶龙井，泡在杯里碧绿净亮，清香飘逸，单从形态上看，是名副其实的"清茶"。笔者就是依据视觉和味觉上的美感，常年饮用龙井。可惜绝少能买到当年的新茶。某年去杭州旅游，从六和塔下来，黛山、碧树、秀水之间有吴越女子操着细软的越语出售龙井。透过绿色塑料包装袋看清茶叶一枚枚纤细而鲜亮，欢欢地掏钱买了两包。回家拆包，发现除去表面的那层"样茶"，多是混进去的陈年碎叶，才明白上当了。

说起奶茶，最权威的应该是牧民。在内地人心目中，酥油奶茶是高原牧区的代名词。其实，农业区其他民族群众，也有饮用奶茶的传统，区别只在多少之间。

我们小时候绝少有奶茶喝。年节里去光景好的亲戚家，喝一小盅奶茶，香得直弹舌头。那时节大部分人家只在婚嫁大事中才用奶茶待客。茶里放四枚红枣，名曰空茶，专待送礼娶亲的贵宾。少数人家把奶茶作为孝敬老人的专门饮品。如今，我们喝奶茶如同喝凉水，十分便当。只是烧出的奶茶不怎么地道，要么茶叶放多了，奶香中透出苦涩；要么盐放少了，寡淡无味；要么花椒放重了，麻嘴。这是不经常烧奶茶的缘故。笔者早年乘车去外县，途经一个设在山坳里的牛奶收购站，司机口渴，停车进去讨茶喝。牛奶站的同志当即把一个黑乎乎的钢精锅放在火炉上烧茶，烧出的奶茶十分好喝。问其奥妙，对方揭开锅盖让我们看，原来锅壁上结了厚厚的一层茶油，是奶油和茶叶凝成的油腻腻的杂质。原来他们烧完奶茶不洗锅，盖上盖放好，下次加水加奶再烧，日积月累，形成了这层"老油"，其作用类似于卤肉用的老汤，越老越有味道。听了，心里别扭，虽然这样烧出的奶茶味浓，但老不洗锅，毕竟叫人害怕。

近年，市面上有袋装奶茶粉，买来用开水冲饮，与自己烧的奶茶无异，很受人们欢迎。可这种奶茶粉质量不稳定，碰上质量差的，喝着就不太美气，倒不如自己现烧。其实，烧好烧不好倒在其次，实践本身就是一种乐趣。

清茶不喝奶茶喝，渴死了凉水别喝。

第二辑
舌尖上的青海

青梅才仁　摄

炒　面

说起炒面，如今的年轻人就会毫不含糊地反问：不就是藏族同胞吃的糌粑吗？

将青稞入锅文火炒熟，晾透，在手推小石磨上研磨成粉，青稞炒面就做好了。做炒面简便，拌炒面却得有些功夫：在青花龙碗里盛半碗茯茶水，撮一些曲拉于碗底，放一疙瘩新鲜酥油，再将炒面加进碗里，加得小山一般尖尖的高出碗口。会拌的，左手托着碗底，右手中指三五下就把浮在茶水面上的酥油炒面搅和均匀，接着龙碗在左手里顺时针方向旋转，右手拇指卡着碗边，其余四指逆时针方向在碗内抹拌，不溅一滴茶水，不洒一星炒面渣儿，煞是利落。不会拌的糊糊浆浆地黏了一手一碗，溅洒不少的炒面在身上、炕上。倘在农家，老农见许多炒面洒落碗外，眼里禁不住现出痛惜之色；倘在藏家帐房，如此笨拙的手脚，必将惹得藏家妇女用袍袖捂住雪白的牙齿吃吃发笑。

藏族同胞拌炒面的本领，是我成年后领教的。在童年时期，也曾见过乡下的亲戚们吃炒面，却是别有一番情致。

那时候乡下姨夫家招待我们的吃食，有青稞面干粮、煮洋芋，其次就是炒面。记得初次品尝炒面，是个晴好的冬日，一束阳光从窗纸的破洞射进来，恰照在炖茶的砂罐上，砂罐里已经滚沸的茯茶升腾起袅袅的热气。姨娘笑笑地捧来盛炒面的木匣放在炕桌上，一一给大家斟茶。盘腿坐在炕头的姨夫抽去匣盖，右手拇指、食指、中指探进炒面里用劲撮了一撮炒面，扬起下巴丢进嘴里，闭嘴咀嚼一阵，咕嘟嘟吞了一口酽茶。我看得口馋手痒，学姨夫的样儿用三根手指头在炒面里撮了几下，松散的炒面总难撮出成形的"嘎儿"，勉强撮一点儿丢进嘴里，哪知丢得不知深浅，干炒面吸进气管里，一声暴咳，把嘴里的炒面尽数喷出，惹得大家笑起来。

出了这样的洋相，虽见别人炒面吃得津津有味，却不敢再实践。偶尔一次，见一农家主人吃炒面不用手撮，却用一条木片挑食。凑近了细看，并非简单的木片，而是一个玲珑精巧的微型木锨。主人用两根手指捉着木柄，倾着木匣里炒面的茬口，从上往下裁一下，再将裁下的炒面挑起来，丢进嘴里。看那匣里盛装的炒面，压得十分瓷实，茬口如同一面陡直的崖坎，竟然不坍塌，便稀诧得大呼小叫起来，引得主人讲出这样一个离奇的故事：一农人连着几日心悸眼皮跳，为了预知祸福，进城算了一卦，说三日内有生死之虞，躲过三日无妨。于是回家闭门不出，心想，不去外面招惹是非，哪能有飞来横祸？一天、两天平安无事。第三日午后，闷坐饥饿，便端来盛炒面的木升。瓷瓷实实一升炒面，早饭已吃去了一半，他捉住小木锨顺着茬口刚裁了一下，半升炒面如土崖般坍塌，惊得他一口气接不上，一命呜呼。

　　故事真假用不着认真。可吃炒面能吃得自如，干炒面丢进嘴里不呛不噎，不黏"天花板"（上腭），却需要花点儿心思去琢磨。会吃了，就品出姨夫家的炒面甜甜的，余味浓厚。请教姨娘，才知道是玉麦（莜麦）加工的炒面，加工方法与青稞炒面雷同，口味却迥异。探头看那半布袋炒熟后没有研磨的玉麦，颗粒如同燕麦，两头尖尖，腰里鼓圆，粒粒如碎玉一般光净。难怪早年农人们以干炒面为主食，就着酽茶吃饱了，耕田犁地、浇水收割，浑身有使不完的劲儿，真不知这细碎的玉麦粒里，吸收了多少日月的精华，天地的灵气。

第二辑

31

　　成年后琢磨，明白炒面吃饱了轻易不饿，是因为炒面没有水分，干干地咽下去，再喝些茶水，其功效不亚于后来的压缩饼干。早些年，人们热衷于学说普通话，一些从乡下来的青年初说普通话，南腔北调，听起来十分别扭，有那俏皮时人就把炒面和饼干联系到一起开了这样的玩笑：吃的炒面，放的饼干屁！

　　自小在城里长大，我家的主食不外乎馍馍、面片、拉条，腻了，想换口味，母亲也会给我们做点儿炒面，将面粉放锅里文火炒熟，色焦黄出锅。这种炒面（我家称熟面）宜开水冲服，无论放盐、放糖，滚开水冲成稀糊，热乎乎喝下去充饥解渴，温中和胃。

　　这几年，间或去饭店酒楼吃那天上飞的，地上跑的，水里游的，其味再鲜、再美、再脆、再嫩，也不能让我忘了炒面。好在行一挚友，在果洛当兵数年，带回吃酥油炒面的习惯，觉得口里、心里乏味，跑去，挚友就把酥油红糖炒面尽数摆在桌上，煮一壶好茯茶。我心切切地拌上一碗，双手动作，口内生津，拌好了，吃一口炒面，喝一口釅茶，很有点儿重新咀嚼童年生活的味道。吃完抹一下嘴，禁不住要喊两声:好香!也美!

话说面片

肯定有人纳闷，青海人一生挂在嘴上的面片有什么可话可说的，别是面片吃多了噎的！

不，是吃多了美的。不信？那就听我慢慢说来。

面片是神话。

早先，西宁府曾有一专营面片的小店，老板娘独揽手工绝活——指甲面片，即下出的面片与成年人大拇指甲相比，大小正美，且一律四方四正、不薄不厚、细腻光滑。更绝的是下面片的功夫。锅不揭盖，盖上有一铜钱大小的窟窿，揪的面片钻孔而入锅，纵是从早揪到晚，无一丢偏，因之名声大噪，生意兴隆。谁料天外有天，湟源乡下有一农妇，听后眯眯一笑，乌鬓正绾，骨簪斜插，骑草驴扭扭地进了城，声言城里人低头巴掌大炕面，出门扁担窄巷道，哪见过大阵势。于是比试，两人手腕飞动，"慧眼流光，揪那面片似飞雪似迸玉，白光撩人眼目。揪得正炽，乡下妇人因路上略受风寒，咽痒难抑，放胆咳出一声，不料一面片出手斜飞，不偏不倚落在三寸金莲尖上。城里老板娘哈哈大笑。却见农妇款挪莲步，微展柳腰，紫缎绣花软底鞋一亮，那面片直直飞起，划出美弧，雀儿钻窝似入了锅盖小孔。于是众哗。一老者舀了一海碗细细对比，一半大拇指甲大小，一半小拇指甲大小，皆边直角尖，玉滑纸薄。迟疑片时作出裁决：两妇人祖上定是一脉"。

面片是数学。

神话终归是神话。现代人迫于生活节奏，绝少有耐心把面片揪得指甲般细小。然因人而异，揪出的面片各具特征。不信看那锅里、碗里，有正方形、平行四边形、长方形、梯形、多边形和不等边三角形，真正是沸沸扬扬煮了一锅几何图形。再说做面片的过程：一大团揉光散漫的面坨，被规规矩矩弄成长条，两边不歪不扭，如两条平行线；而后卷成螺旋卷，再切成粗细均匀的面基儿，搓成圆柱体，金字塔似的垒在碟内。入锅时，圆柱体被捏扁又无限拉长，一片一片又一片，数字聚增，岂不是由一而十而百的数字累进？

面片是艺术。

当地人家大凡做饭者，大姑娘小媳妇，勒上花围裙儿，腰身顿时鲜明，如那演员上场前扎了舞裙。和面揉面，那胳膊伸伸缩缩，腰儿扭胸脯儿颤，别是一种典雅舞姿。倘若腕上有镯，镯与面板相碰叮咚脆鸣；耳上有坠，坠与青丝厮磨晃晃悠悠，且那手与面的摩擦，面与案的摩擦，发出丝丝幽歌，如闭窗听丝竹，似有若无。看那揪面片的手吧：持面基儿的左手准确而规律地往上输送抻长的面条，拇指、食指搓动，那食指便频频伸缩，伸如玉兰瓣儿怒放，缩如龙爪瓣儿微卷，十足的花旦功夫。那揪面的右手，前后甩动，揪面甩开的瞬间五指次第伸扬，似在琵琶上拨弄和弦。更喜和面和得痛快，揪面揪得惬意，大姑娘小媳妇禁不住说几句顽皮话，摇银铃似一阵脆笑；哼支小曲儿，小溪般潺潺流淌。因为面片面揉得精胶，下在沸水里煮熟，依然水是水，面是面，是鱼水般亲密又不黏带的融汇关系。舀在碗里，汤里浮游着雪白透明的萝卜片，碗底卧着酱紫色的牛羊肉丁，汤面漂着翠绿鲜亮的香菜，间或加几许翡翠般的葱叶，端上桌，注一点儿墨色陈醋，汤面似乌云渐渐弥散；加几许油泼辣子，殷红的碎椒和周围的油渍，似雨淋的鲜花排放着晕。若再配上莴笋丝、青椒丝、胡萝卜丝等红绿黄紫的小菜，用筷子一搅，那七彩五味和和谐谐，真如一张活活泼泼的写意画卷，那深邃的内涵，非细品不可领略。

面片是情。

过去的穷苦庄稼人，过年舍不得宰鸡，没票票买鱼，自种自储的萝卜、洋芋、蒜苗、葱，做不出七碟八碗。于是有了除夕吃面片的习俗，曰"拦嘴面片"。这面片的面基儿做得硕大、壮实，揪出来片片有厚度有分量，为的是碗能舀得满满当当，肚能撑得圆圆鼓鼓，以兆来年家道丰盛。细究不过是人的愿望而已。真实原因是，农家妇女腊月底疯忙，蒸馒头炸油饼，累得腰酸腿肚子疼。除夕傍晚，黏手的活儿还没做完，想着男人要喝烧酒，尕娃要放炮仗，好歹不能空着肚子，于是抽出针细的空隙做顿面片，做起方便来得快，三下五除二了了一桩心事。虽不比平日做得仔细，但片片面里和着妻、母对夫、子的一片真情，吃下去，来年岂有不丰不顺之理？

面片是爱。

赴金场的沙娃，走戈壁的骆驼客，赶木车跑运输的脚户哥，山野做活的小工，皆是精壮汉子。路上一旦肚子饥饿，卸驮子停驴车，搬三石鼎锅，拣牛粪为柴，挑一平滑大石为案，舀来溪水为浆，大手粗胳膊和出一团精胶面来，一人持一根，团团围锅揪得纷纷扬扬，舀到碗里喝得吸吸溜溜。出门在外，途居荒野，缺酱少醋，无椒无菜，水对面仅撒一把盐。加上男人手大心粗，揪的面片火柴盒儿大。倘若在那高寒缺氧地带，面片入锅便黏便糊，舀到碗里无色无彩，可一个个吃得香，喝得美。出门十天半个月，天天如是，为了父老妻女在家安享温饱，就着面片吃的是艰难，咽的是困苦，如没有一片爱心，哪能下咽？你看他们，饱了，巴掌抹抹嘴，看那夕阳危崖，听那风戏柳林，注目烟雨戈壁，凝神沙海残月，禁不住心里那股思乡恋亲的热浪，便开口悠悠地吼上一首花儿："端起饭碗想起你，面片儿捞不到嘴里。"

面片是药。

游弋官场，闯荡宦海，难免接连数日精米细饭、腻肉肥虾，吃得多了，反觉心里堵得慌，干得慌，于是想起面片的清爽润泽，唤一声：真想吃顿尕面片。调上陈醋、辣子连清带稠吃下两碗，心里油云消散，胃内凝滞全化，便觉得青海有如此老少皆宜、贫富皆宜、闲忙皆宜的大众化美食，值得骄傲，值得自豪。面片岂不是起了顺气消滞的作用？

烧酒喝多了，脉管燃烧，胃液滚沸，心内空洞，如饥似渴，浑身疲软如泥似棉，于是巴望一碗酸菜面片，吸溜溜喝下去，心稳了，意安了，那清爽、温热、充实从胃壁扩散，周身便松弛，便活泛，潜力、内劲渐渐回归，面片岂不有了解毒的作用？

话说至此，想必撩拨了诸君的食欲，那就回家做顿尕面片，细细品尝，一定妙不可言！

杂　碎

　　解放初期，西宁水井巷南端与小南门接壤的地段，叫水眼头。水眼头有一家杂碎铺，店铺坐东面西。杂碎铺绝早开门营业，标志是门外挑一盏红灯笼。贪睡到天明，是吃不到好杂碎的。

　　源于家里贫穷，就不敢奢望隔三岔五有杂碎吃。偶尔要吃，父亲就绝早起来，提着系了细绳的大肚敞口黑瓷坛儿，去杂碎铺买一份杂碎，多盛些汤，回来入锅烧滚了，抑或再添点儿水，加点儿调料，分盛四小碗，全家人算是吃了一顿杂碎。倘若是寒冬时节，父亲提杂碎回来，眉毛、胡子和小黑坛的提绳上都挂了冰珠。

　　一次醒得早，随父亲去杂碎铺。黎明前寂黑的街道里，唯有我父子扑扑踏踏的脚步声。拐出县门街口，杂碎铺挑出的红灯笼就灼灼地惹眼，更显出黎明前天地的沉黑。一盏豆油灯，杂碎铺里半明半暗，已有一位山羊胡的老者坐在板凳上，将一角锅盔掰碎，泡进冒着热气的大碗里。

那夹杂着淡淡燎毛味儿的异香从错开锅盖的大锅里腾腾地往外弥漫。父亲递上小黑坛儿，再递上两角钱，便得了一坛原汤原汁的好杂碎。回家母亲接住坛儿，父亲喜喜地说路上碰见一人挑着满满两桶水，好吉利！

　　我独自享用杂碎，是小学六年级的事了。一日迟起，来不及吃早饭——其实是简单的开水泡馍馍，确切地说是烧开水来不及——父亲破天荒给我两角钱，叫我到南大街买杂碎吃。我小心地进了杂碎铺，递上两角，眼前就有了一碗内容丰富的杂碎，闻那味儿，异香里有点儿燎毛味儿；看那汤水，黄黄的油花圈儿挤挤兑兑地浮在表面：用筷子拨挑，有燎去毛根酥黄的头皮，嫩白且有花纹的肚片，肥瘦光净的肠段。克制着慢慢咀嚼慢慢吞咽，蓝边粗瓷大碗里的杂碎被我几下狼吞殆尽，那肥而不腻的异香，那既柔且脆的咬劲，凝留口里数日不散。

　　70年代，我供职的那个县城的国营饭店开始经营杂碎，从四清运动起就断了杂碎口福的人们，乐颠颠地进进出出，饭店的杂碎生意越做越红火。个别不爱吃杂碎的，就取笑吃杂碎的，说天亮前卖杂碎，是为了防止食客看见杂碎汤里漂浮的不干不净的东西，眼不见为净嘛。这话虽然让人起疑，但吃杂碎的人有增无减，并不去在意国营饭店的牛羊下水是否洗得干净。也巧，县商业局一个工人得了肠胃疑难病久治不愈，脸蜡黄蜡黄的，让人看了害怕。单位领导考虑既要让他清闲，又要让他挣到工资，就从原岗位调下来，安排去饭店杂碎组卖票，清早上两小时班，而后整天休息。该同志图便利，上班拿块馍，营业前杂碎汤泡馍，消消停停吃饱了再卖票。一年下来，变得红头花腮，肠胃病不治自愈。这样的事实，让那些不敢吃杂碎的也吃起杂碎来。

其实，卖杂碎的要想拥有多而固定的食客，前提就是加工干净，烹调出自家独特的风味。牛羊下水加工起来十分繁琐，头蹄要燎去长毛，烙去眼窝、耳朵内外的毛根，燎焦的头皮得用刀刮洗干净；肠肚要先用碱水沤泡，再三番五次翻里翻面地淘洗。为了减少成本，经营者大多将牛羊下水挑去河边泉头，蹲在水池边，或穿雨靴弯腰站在水里清洗，手臂被凉水浸泡得糙红。盛夏如斯，严冬如斯。洗净的下水天黑入锅烧煮，先紧火烧开，后文火熬煮。煮得不老不绵后退去大火，留小火温锅，开门营业前再旺火烧滚。春夜如斯，秋晨如斯。可见，杂碎的异香里包含着超常的辛劳。尤其近些年，杂碎经营者日见增多，西宁市内，几乎每个路口街头都设有杂碎摊。来往路人伸长脖子审视，比较哪个摊位的锅灶案板整洁，杂碎加工得干净，才肯落座就餐。这就迫使经营者在加工卫生上狠下功夫。

就近有卖杂碎的摊贩，且用不着早起，上班族们把自行车支在路边，十几分钟吃一碗杂碎。香也罢，不香也罢，图个方便，吃罢走人。对口味，第二天再来；觉得不怎么样，就去别的摊位。只是这几年物价上涨，十元一碗的杂碎，经营者用指尖撮几片肚丝、口条、蹄筋扔进碗里，数量少得让经营者自己都难为情，便多说些好话，多陪个笑脸，以争取回头客。那精明有经验的食客，早早地来，只为多喝一碗滋味醇厚的原汁原汤。来得迟，只能喝经营者兑了开水的杂碎汤，寡淡的味儿，每每让那些吃了一辈子杂碎的老汉们想起逝去的岁月。

据说，杂碎吃啥补啥。那两眼昏花的老者，要摊主从杂碎堆里拣几点眼圈、眼珠放在碗里。那肠胃不好的，则要求多放几块肚片肠段。四肢强壮的小伙儿，则喜欢腱子和蹄筋。一日，笔者也去就近的杂碎摊，端了一碗蹲在墙角吃得正美，见一位身着工商制服的中年人来到摊位前，威威地要摊主快些弄一碗。摊主问放点儿什么，头皮还是口条？回答说多放几片心。

听了，我不禁吃吃地笑出声来。食客们先看我笑，接着也都吃吃地笑出声来。

酸　菜

　　接连两年，我家腌制的酸菜都不如意，先是盐放得太多，入口咸得不敢下咽，依照传统方法处理一下，不料又变酸了，酸得叫人甩头。妻纳闷之余寻找原因，先认为如今靠化学肥料培育的蔬菜品质难以把握，不像早些年的"牛腿棒"让人心里踏实；而后认为如今加工而成的粉盐不比早年的颗粒青盐地道。颗粒盐的成分天然，而粉盐在加工过程中添加一些别的成分，让人难以把握其质与量的比例。这些原因似乎还不能让自己信服，就只好怪天气了。这些年全球气候转暖，冬菜上市在十月上旬，树叶还绿绿地挂在树枝上，叫人为腌菜为难起来，腌吧，嫌早，菜注定要酸；不腌吧，又会错过购买时机。加上家居六楼，把菜缸放在屋里最凉的阳台或楼道，也挡不住菜缸泛热，表面泛起速成发酵的白色泡沫。

　　难怪妻要寻找酸菜腌制不好的原因呢。前些年妻腌制的酸菜，左邻左舍都说好吃,甚至有内地籍邻居请她去腌菜。老老实实对待生活的妻,怎么能轻易丢弃自己的一份自信呢?

据说,近几年不少的当地居民不腌酸菜了。即便腌,也少腌一点儿,或单纯腌少量的花菜,或用包心白菜代替"牛腿棒"。原因是包心菜比"牛腿棒"上市迟,腌制时损耗小,程序简便,扒掉几片帮皮就可以切块入缸,不像"牛腿棒"要翻里翻面冲洗好几遍。我想,居民们少腌乃至不腌酸菜,除了市面上随时有鲜菜可供选购外,怕天暖把握不好菜的咸酸也是一个原因吧。

尽管如此,我家临冬总要腌些花菜酸菜。一方面,我家的收入还不能保证我们四张嘴顿顿吞食价格吓人的新鲜蔬菜,必须用价钱相对便宜的自腌酸菜做些补充或者调剂;另一方面,从娘胎带来的传统饮食习惯,或者说草民百姓的本能,不允许我们喜新厌旧,馋想着各色新鲜蔬菜而小看乃至遗忘酸菜给予我们祖祖辈辈的恩情。

以小时候的印象,临冬腌制酸菜是居民家里一项重要且繁琐的生活内容。那时的"牛腿棒"、红萝卜、大头菜,由菜农送到门上,价钱极低,但洗菜十分费时费力。原因是从井房一担一担挑来井水,远不比如今的自来水方便。有时还得看担水者的脸色,出于节约水费,用尽量少的水把尽量多的"牛腿棒"洗净,是要花工夫的。洗净的菜要烫。拉风匣烧热一锅水,一朵一朵入锅烫好,排放在蒸笼里淋干水分,才能拌撒调料入缸。调料由盐、碎辣椒、花椒伙拌。各放多少,往缸里撒多少,全靠经验。多了少了，都影响菜的味道。腌酸菜同时还要腌些花菜，将大头菜、红萝卜、芹菜、蒜苗切成细丝，混合起来。拌和适量的调料入缸。细心讲究的人家，平日积些杏仁，腌花菜和在里面，别有一番滋味。那时候高原气候偏冷，酸菜入缸需要半个月乃至二十天左右才能腌熟。花菜由于细丝碎小，七八天就熟了。酸菜腌熟前的空档时日里，花菜是唯一佐餐的副食品。

入缸压菜的石头也有讲究，以光滑扁平的青石为佳。所有居民家里，都有五六块使用多年，让主人有了感情的石头，迁移搬家不忍丢弃。后来的年轻人见别人搬家，把几块石头宝贝似的抬来抬去，讥笑人家小气，却不知人家心里装着的那份火热的感情。

44

晚至70年代初，青海人冬天的饭桌上绝少有新鲜蔬菜。城乡居民整个冬季的副食全是酸菜。花菜用来就饭。酸菜或下饭或炒菜。尤其在农村，酸菜帮切丝就饭，酸菜叶入锅配面条，是长年累月的恒定菜谱。

这个菜谱，陪我从童年到青年，再到壮年、老年。几十年吃下来，不但没烦，似乎还吃出了习惯，冬天没有花菜、酸菜就过得不自在。每晚吃面条，要有花菜或酸菜丝就饭。去朋友家喝酒，张口先让主人端来一盘酸菜。假如主人再炒上一盘酸菜粉条炒肥肉片，吃得近乎狼吞。如今，似酸非酸、肥而不腻的酸菜粉条炒肉片，已被来自长城内外、大江南北的内地沿海的同志们认可和喜爱，每吃总要喊好。聪明的饭店经营者摸准了大家的胃口，在众多的特色花色菜中，加进一盘独具风格的酸菜粉条炒肉片，每每赢得食客的喝彩。

大美在杏外

大凡吃过贵德杏的,禁不住都要喊一声响亮的好。那杏儿才算杏儿,个儿大,肉头厚,颜色是颜色,味道是味道。八成熟的,一掰就成两半,看那金红色细密的肉丝表面,一珠一珠渗出无数亮闪闪的杏蜜,口水就汪在嘴里了。那熟透了自己离枝坠下来的,小心擦去黏上的泥土,抑或剥去丝绸般鲜艳的皮儿,放进嘴里一吮,那甘甜里混着微酸的味儿就透入全身的筋络,把核儿吐在手掌上,鼓鼓的有一份鲜活的光泽,由不得要猜想里面雪白的仁孕育着多少新的希冀。

杏儿如此美,那结杏儿的杏树自然更美。先送一片霞一样艳的粉红色给春天,再送一片水样清爽的浓阴给大地,而后就把那一颗颗由绿玛瑙,由翡翠珠子,由琥珀丸子渐渐变来的美艳果实密密麻麻吊满枝头,让那盛夏的天气弥散芬芳的福音。

结杏儿的树如此美,那务劳杏树的庄稼人又是何等的美呢?

贵德三河地区农家，无不务劳果树。或杏或梨，或苹果，或李子，或核桃，少则几棵，多则数十上百棵。果树多，且家家有那务劳的喜悦和惆怅，那种顽童纠集在一起爬墙偷青果的事儿就绝少。果园虽有墙，却低，用来堵挡牲口入园啃树皮，没有防人的意思。那挨墙的树，多有挂了果沉甸甸弯垂的枝儿伸出墙外，过路人伸手可及。

　　一般本乡本土的，不待果实饱满，是不忍心去摘食的，想那摘食瘪果的残忍，不亚于把幼女嫁人。那远路过客口渴眼馋，摘食一二，主人见了一笑了之；慷慨的，叫住过客，再摘几个塞入对方怀里、兜里、褡裢里，提醒对方从容地吃，以免牙酸肚子痛。

　　入秋杏儿成熟时节，自然有那来自省城的人收购。对城市人，果园工人别有一番慷慨，无论青头皮的壮汉，还是红脸蛋颤胸脯的小媳妇，或者眼瞳混浊，身板却硬朗的老者，笑笑地把买主领进园子，不问来者买多买少，真买假买，也不问价码，开口先让来者尝鲜。拣那枝上饱满的果实摘下来数十枚，劝来者多尝、尝够、尝足，方便的，挪过云梯架在枝间，上云梯专摘树顶树梢上大的、熟透的。见来者吃得滋味，吃得自在，主人就陪着发出爽朗的笑。等买主这树下那树下尝足了，中意了，放心了，这才随买主需求，爬云梯摘下来，过秤，总让秤头翘得秤砣往秤盘这边滑下来才安心。收钱时总会伸出双手恭敬地接了，很少再当着买主的面儿点钱，眼里闪出喜悦的感激，仿佛钱儿白得了，末了，提筐拎包地把买主送至车边，心里还惦着买主尝了那么多杏儿，弄不好会闹肚子，就殷切地告诉买主，杏儿吃了觉得肚子胀，莫怕，不要紧，回去别喝茶，喝下半缸子干净凉水，万事大吉。

大 豆

　　说不清几时起，小摊贩把货物摆在人行道上，挨挨挤挤一家接一家，日用小百货、服装鞋帽、干鲜果品，不一而足。有的摆放在折叠床上，有的用竹杆、钢筋组合成简易货架，有的席地一片布，堆上花花绿绿的物品，其间供人行走的地方曲曲折折越来越窄，得提防着行进，以免踩踏了人家的货物。这也是没办法的事，单位效益不景气，下岗拿不到工资的人们，投点儿本钱做点儿小生意，提心吊胆惨淡经营。也许就是出于这样的理解和同情，这种分明违反城市管理的生意方式才得以存在。

　　每每留神着走过这么一段特别的人行道，油然想到的就是生存的无奈和艰难。那些鲜亮的时新的各色各式物品往往被我忽视甚或轻视，但有一样物品，触目便会勾起我心里温馨的感觉，它就是那些炒熟出售的大豆。

　　一溜儿七八只布袋，袋口下卷，亮着袋内或黑、或黄、或白的蚕豆、豌豆，旁边蹲守着一位双颊糙红、着装陈旧的村姑。那爆炒裂了口的大豆，似乎在向我倾诉着一种远去了的往事，似乎在幽幽地发散着一股不容我遗忘的芳香，我便情不自禁放慢脚步深情地多望它几眼。

我的不该疏远的多情多义的大豆们！

曾经误以为青海人喜爱的大豆居然也被东北人拥有着，后来明白，东北人的大豆指颗粒硕大的黄豆，我们的大豆则特指蚕豆。豆字前面加个大字，足见它亘古以来在青海民众心里的分量。

西宁早年出售熟大豆，似乎由杂货铺兼营，铺堂口设一货板，大豆混放在诸如核桃、红枣、柿饼之类的干果中，几分钱一斤，其实掏钱买大豆解馋的，似乎并不多。原因是西宁市民谁家没有或远或近、或亲或庶的亲友在乡下？而乡下的亲友进城来，谁会忘了提上一篮饱满的青豆角，抑或一捧炒熟的大豆呢？

这青豆角，分明是刚从苗壮的植株上摘下来的，饱满的豆荚上的绿色依然鲜活。连同豆荚下锅煮熟，醇香四溢，分明是日月播精、大地受孕后那种独有的气味。盛盆上桌，剥去荚衣，一个个白白胖胖惹人喜爱的豆子，羊脂玉般的肉质里尚有乍显未显的浅绿。或剥去细皮，或连皮入口，其醇厚甜美的滋味从舌齿渗入脏腑，恍如享用了一粒天地恩赐的玉珠。

那熟大豆，也显然刚刚炒熟，皮上似焦犹黄的火色，还隐隐地发散着热烘烘的辐射波，爆裂的细口内，还夹带着细微的砂粒。捧几粒于掌心，双手搓去附着表皮似有似无的细灰，鼓腮吹尽裂口内的微砂，剥皮入口，牙齿轻叩豆粒即刻碎裂，其脆恰到好处，其味妙不可言。慢嚼细品，似吸收着世上一切烘烤食品的混合滋味，香是火喷喷的香，甜是辣滋滋的甜，脆是干崩崩的脆，未及下咽肠胃已经生津，恍如享用了老君遗落的一颗金丹。

倘若城里亲友去乡下，主人的款待，必然有着大豆的内容。大秋时节，去地里摘来青豆角，新鲜得能看到甲虫踩在豆荚上的足迹。煮熟剥食，肚皮鼓胀，口里馋涎不退。隆冬薄春时节，主人断不会少了烫大豆的规程。这"烫"，旨在免了炒大豆的种种繁琐程序。将炕洞前的地皮扫净，扒出一堆火烫的炕灰，倾半升头年收获的干大豆入灰，片刻的静默后，燃放爆竹般嘭嘭炸响，那大豆"赴汤蹈火"却快乐得欢蹦乱跳，弄得火灰四溅却弥散着诱人的芳香。主人掌握时机火候，时短，不能让大豆皮焦里生，时长，不能让大豆焦糊。把准时机摊开热灰，拣出大豆擦净浮灰，一粒粒大豆爆裂了细口，火色正美，剥皮入口，脆得不能再脆，香得不能再香。

天知道大豆这个精灵给青海民众多少辈、多少代的恩惠。早年农家婴孩，哪个不是吃了母亲嚼细后口对口哺喂的大豆，才能长得红头花腮、壮如虎仔？那些牙齿脱落食欲依然旺盛的老人，哪个不是吃了子女们研细的大豆粉面，才能养得神清气朗、延年益寿？还有那些酒后爱喝豆面拌汤的人，那些暗备一把大豆在酒擂台中用以解酒的人，谁不时时刻刻想着大豆给予自己的恩惠？难怪祖祖辈辈的青海民众传承着大豆的诗情画意，让它进入童谣谜语："大豆大的东西，牦牛壮的声气。"让它渗入风情民俗："二月二，咬虫儿。"也让它融和到花儿、少年中："见了尕妹没给头，尕手里放一把大豆。"

　　笔者从小爱吃大豆，尤其饥饿时，格外想嚼大豆。嚼食多了，便体会到大豆除了实用价值，其成长、加工的过程中，竟然派生出许多生活的妙趣；也了解到，街面上专营大豆的，加工程序十分严格。先用水泡，泡透晾干，最忌大豆直接入锅爆炒，而是先将细沙或者黄土入锅，急火将沙土炒得炙热，而后伙入大豆慢火烘炒，其状如同现今街面上的炒板栗。用细沙烘炒得皮儿焦黑的，名曰黑脆儿；用黄土烘炒皮儿火黄的，叫作虎皮。两者一样香脆，咬劲却不一样。其间功夫，全在掌握火候。一旦大意过了火候，炒出的大豆任你二八小伙儿也休想嚼碎，称为铁大豆。火候不足，炒出的大豆柔韧有余，香脆不足。民众自家炒食，如找不到干净沙土，有用青盐粒伴炒的。炒熟出锅，裂口里残留细微盐粒，嚼食别有一番滋味。

　　生活不断翻新，供人们磨牙的小吃日新月异、种类繁多。想如今把巧克力、泡泡糖嚼烦了的小朋友们，断不会像我们小时候一样，得几枚大豆就喜形于色。但足以让人欣慰的是，任花花绿绿的世界如何变化，大豆依旧用亘古的品格和朴素的形象填补着人们愿望里的某个角落，让这个几近被时代挤兑的角落里充满一些古老的温馨。如这挨挨挤挤摆在人行道上的各色时新货物，总不能用它们长于诱惑的色彩，排斥和掩盖掉其中默默地存在着的大豆吧。

洋　芋

　　前不久，参加了一个书画展览的开幕式，被主办单位请去吃了一顿。如今的席面上，大鱼大肉不在话下，驼掌甲鱼也不算稀罕。偏偏一盘油炸土豆片，被大家顷刻间吃个精光。服务小姐声明，这薄如蝉翼的土豆片，是厨师手工切成的，其刀工非同平常，来宾皆诺诺称道，接着要求再来一盘。自然，出于生意上的考虑，土豆片没能再来一盘，但由土豆引起的联想，在我心里再一次涌动起来。

　　马铃薯，洋芋，土豆，在这三种名称里，我认为土豆最亲切。土豆，土豆，顾名思义就是土里的豆。由"豆"而想起土地，由土地而想起农民，这主宰着土地又被土地主宰着的浩荡的农民队伍里，有一份子是我的大姐。

　　解放初期大姐嫁到农村，我家就有了到农村走亲戚的义务。每每随母亲去大姐家，惯常的吃食就是洋芋。大姐先钻进窖里，接住母亲递下去的油灯，拣一簸箕洋芋上来，端到户外村巷的水沟边，一一洗去泥土，端着白白净净的洋芋回来，入锅，添少量水，用草圈压住锅口，盖上锅盖，将石头茶窝压在锅盖上，大火烧煮到锅里水干，洋芋发出"唔唔"的"哭声"，弥漫出淡淡的焦糊味儿，退出大火留残火焐半个时辰。大姐将黑色粗瓷盆放在锅台上，揭去锅盖，甩手拍散浓重的热气，抓一个火烫的洋芋放进盆里，往手指上吹几口冷气，那煮熟的洋芋皮儿绽开如花瓣，稍一用力，就会捏碎。"好散的洋芋！"我们赞叹着，噗噗地往冒气的洋芋上吹着气，剥去皮，吃一口，蘸一点儿青盐面儿，再吃一口，直吃得额角出汗。

　　倘若是秋收时刻，大姐往锅里放洋芋时，同时要混合着放些红萝卜、切成片的甜菜根。煮好出锅，甜菜根的糖汁裹在洋芋上，又是一种滋味。吃那煮熟的红萝卜、甜菜根，也是清爽甜软、可口无比。那时候洋芋有两个品种：叫"深眼窝"的洋芋个头浑圆，表皮有麻点，宜于煮食；叫"洋棒"的洋芋个头较大，中间鼓，两头略尖，表皮光净，宜于切片切丝炒食。

　　洋芋，就这样带着它原始的品质一遍又一遍填满了我的记忆，让我觉得大姐同她的乡亲们在青稞面干粮和极少的白面条不能果腹的前提下，整日整年地吃洋芋，除了洋芋还是洋芋，既当主食又当菜，吃食单一得可怕，也让我渐渐地反感起洋芋来。虽然大姐时常变些花样，比如把熟洋芋剥去皮，放碗里用筷子捣碎，拌上油泼蒜泥让我们品食，但我还是认为去农村吃洋芋是一种负担。

哪知洋芋会突然匮乏起来。1959年前后，市民粮食供应标准低，市政府从周边公社调些洋芋，定量供应市民以补充主食的不足。市民们得三更半夜去小北门外的洋芋市场排队购买。天寒地冻，排成长蛇阵的市民们蜷缩着身子，噗噗噗地搓手，咚咚咚地跺脚，眼巴巴等到天明，等到市场上班。但往往是头天调来的洋芋少，排队的市民多，供不应求。少部分绝早排在前面的人拥拥挤挤地购得二三十斤洋芋，得胜将军一般飞也似的离去。大部分脸上酸酸的，空手回去，第二天更早些去排队，甚至当晚就去排队。

集体食堂名存实亡那一阵，洋芋更金贵了。我就读的中学校园四周，全是生产队的经济作物地。秋天起洋芋时刻，社员们蜂拥在一块地里，犁一遍，再翻一遍，将果实尽数收走。社员们撤离，农家的白发老人和幼年娃娃又蜂拥到地里，挨茬儿一锨锨地翻找偶尔遗留在地里的洋芋。三四分地里翻出一颗鸡蛋大的洋芋，眼里的喜悦不亚于拣了一颗珍珠。

曾经几乎要把农民们埋住的洋芋，转眼像风一样远去了。市内黑市上，一元一斤熟洋芋。在生长洋芋的农村，农民们为拥有几个洋芋在奔波，在铤而走险。一农妇，起洋芋时背着队长把几个洋芋塞进了扎住裤脚的裤子里，幻想着公婆孩子晚上吃洋芋的快活。哪知有人告密，收工路上，被队长挡住了搜查，当众脱去裤子，农妇羞辱难忍，含恨寻了短见。

我开始懂得洋芋的重要了，懂得洋芋与生命的某种关系。农民和洋芋时常在我心里重叠，似乎农民就是洋芋，洋芋就是农民，于是像尊敬农民一样尊敬洋芋。

这些年，洋芋又在市场经济中丰富起来。菜摊上，洋芋与茄子、辣椒、蒜苔等细菜共存共荣。市民们迫于物价，觉得吃洋芋最实惠，洗去泥土可以尽数吃进肚子里。况且洋芋做菜能翻出众多的花样。切丝切片切丁，可炸可炖可烧，配猪肉配牛肉配羊肉。倘或一二日买不来面粉，尚能当主食充饥。洗洋芋丝洗出的淀粉，又可用来勾芡。高到国宴，低到家常便饭，都能派上用场。便于储存，春夏秋冬各类时令鲜菜紧缺之日，"洋芋充数"也乐不可支。这般既能调解口味，又能丰富菜色的美物，饭桌上总有它的位置。吃多了，渐渐地发现，那种叫作"牛头"的洋芋新品种，个儿硕大，但中心空洞，往往从里往外坏烂。有人便开玩笑说，用化学肥料追起来的洋芋，真如现实中一些人，先黑心，再向外整个儿溃烂。

老早转为菜农的大姐家里，洋芋也变得稀罕起来，去十次，只有一次碰上吃洋芋，我便兴奋得抓耳挠腮。见我从火炉上烙馍馍的铝锅里急切地抓出一个刚刚煮熟带着焦疤的洋芋，在两手里倒来倒去地嘘嘘吹冷气，却对摆在桌上的肉炒莴笋片和素炒菜瓜片视而不见，大姐便说："用自产的'牛腿棒'换些洋芋，虽不多，够你吃哩。"

毕竟储备冬菜时不必再去四处排队买洋芋了。有些农民将成袋的洋芋装车拉到家门口叫卖。感念农民伴风伴雨不易，我羞于讨价还价，卖主要多少给多少。但有几次上了当，袋子里上头的洋芋个个饱满硕大，倒出来发现袋底有不少小洋芋、坏洋芋甚至泥土，不由得感叹：金钱让城里人无情，如今又让乡里人无义了……

花儿精神月亮心

朋友，无论你久住还是客居青海，一定吃过青海妇女们蒸的月饼，可你想过没有,青海广大妇女的品格与月饼的内涵有着千丝万缕的联系，倘若不信,听我慢慢述说。

先说形态。

其大。世上再没有哪个地方的妇女能蒸出青海月饼这么大的馍馍。二尺直径的蒸笼里蒸四个，甚或尺半直径的蒸笼里蒸一个，蒸出来晾在案板上，摆在炕桌上，隆起似一座小山。大，意味着丰裕、慷慨，体现出豪爽、豁达。这月饼算得上馍馍领域里的宏篇巨制、高楼大厦。只有高原罡风厚土哺育起来的妇女，才有此气派，有此胆魄，有此独特匠心和绝巧技艺。

其圆。月饼，是中秋节祭月的，中秋月最圆、最亮。圆，是广大妇女的向往：日子和和美美、圆圆满满；亮，是她们的憧憬：光阴丰丰盛盛、亮亮堂堂。有了这心理前提，最忌讳把月饼蒸扁了，溜火了。再说，无论母女，无论婆媳，八月十五蒸月饼，是一次茶饭手艺的展示和竞争。莫说月宫嫦娥怎么评价，单说家里家外、人前人后的应酬，丑月饼是断然拿不出手的。走亲访友送月饼，邻里串门吃月饼。摆在柜上，端在桌上，男女老幼皆是评委。糟子不新鲜，酵面不起，揉面差了功夫，碱放得不合适，火候不足，断难蒸出美月饼。妇女们明里计议，暗里捉摸，目的只有一个：蒸出饱满浑圆的美艳月饼，让人欣赏夸赞。竖看圆，隆起如春山；横看也圆，弓弧似满弦；翻看，底儿更圆。这圆，是妇女们一生梦想的印证和总结；做了好女儿，做了好媳妇，做了好母亲，画出了生命意义的大圆。

　　其花。月饼面儿要花，妇女们巧手巧做，硬面捏出梅花，捏出莲花，捏山菊花，贴在月饼皮儿上。月饼瓤儿要花，妇女们搽上红花，搽上苦豆儿，搽上姜黄，加上油瓤、糖瓤。月饼蒸开了花，开口上要点上胭脂……妇女们打扮月饼，实则宣泄自己如花的心，赛花的意。身为女儿身，吃娘奶听娘唱花儿，学步扶着花园墙，上学要扎花头绳，穿衣要扯花布布。长大成姑娘，水灵灵本是一朵花。做针线，袜底儿要扎上鱼儿戏莲，袜溜跟要扎上喜鹊探梅；枕头要绣上蝴蝶牡丹；送情人荷包，绣上鸳鸯戏水。成了媳妇，春天里院子里栽花，过年时窗纸上贴花，捣烂水仙花涂满指甲，山野里摘朵马莲花插在鬓角……如今做月饼，就是捏塑自己多彩多味的芳心，哪能不铺排，不渲染，不淋漓尽致？

其香。小月饼一掰两半，大月饼切成数片，那清香、醇香、浓香，香得诱人流口水。那是综合了小麦香、油菜香、苦豆香、红花香……不就菜，咬一口满嘴喷香。月饼蒸得多，十五过后切成片，锅里文火烘烤酥黄，吃着脆香……状如妇女们从小做着香梦。头上戴香花，脸上搽香脂，精精神神活到老年，那生活的坩埚只能把汗水、泪水烘干，留下清清爽爽、纯粹的筋骨，人虽老，珠虽黄，却不是残絮，不是败柳，依然干干散散、利利索索，气韵里尽是纯朴、善良、勤劳的暗香。如今做月饼，这些生命结晶的暗香，岂不顺着双手的血脉、神经渗透到月饼里，转移到月饼里？

再说颜色。

蒸出雪白硕大的月饼，用筷子尖儿蘸上朱红食色，给月饼的裂口点上胭脂，如同冰肌玉肤的美人涂了樱唇；那红，如雪里一点梅，红得俏艳。裂口里，涂抹的彩色佐料乍露未露，像藏了多少春色春光，惹人情飞神扬。快刀把月饼切成片，那如弓的断面上，白黄红绿橙五色相叠相连，似那山坡上块块熟田：红的荞麦，绿的豌豆，黄的油菜花……又似蒙古包里藏满了锦缎，那鲜丽，那明艳，那五色交缠的千回百转，印证了妇女们锦绣的心肠，洒花的生路……

那白。无论早年的水磨，如今的钢磨，七八月里新麦下来，分外热火。饱满麦粒源源不断地流进磨眼，轰轰隆隆、摇摇晃晃中，如雪精粉纷纷扬扬流落而下，光洁的磨板上面槽里初如梨花落瓣，后如瑶台堆玉。妇女们扫面、罗面，装袋入柜，细微的面粉落白了发，落白了眉，落白了肩。心想劳苦一年，如今袋鼓柜满了，心情便如溪水一样欢快透明，便如云彩一样清爽洁净，又如那没有微瑕的玉，白得空灵透彻。

那绿。从柳枝萌芽，禾苗破土，妇女们便给绿色诉说心思了。戴凉圈，执小铲，抚弄婴儿般抚弄禾苗。累了，绿荫下乘凉；热了，绿溪里洗脚。回到家，嫌那葱韭畦儿绿得不够，洋芋行儿绿得不足，就在边边角角撒些苦豆种儿，待其长起、长足，拔下来，摘取细枝嫩叶，放簸箕里，双手搓揉，把那灰白面儿的苦豆直搓得绿汁淋漓，染绿了指头，染绿了手掌，而后晒干，捣细，收瓶，单等八月十五把这新香的绿色抹进月饼。

那黄。对庄稼人来说，黄，就是熟，就是成功，就是喜悦。麦子黄了，油菜籽黄了，妇女们忙碌的主调就是暖暖的黄颜色了。割麦，揽进怀里的麦秆是黄的，把脸面扎痛的麦芒是黄的；装上车，运上场，摊场，打碾……就连一路撒在村巷里的麦轧都黄亮亮闪着耀眼的光彩。更别说那大田里山坡上的油菜籽开花又是一番亮晃晃的，水灵灵的，黄到极致的黄了。油菜籽上场，打碾，入油房……榨出来的清油，黄得深沉，黄得透明，黄得润泽。有了这些黄颜色日日夜夜熏染妇女们的心，直熏到八月十五，被喜悦醉了的妇女们做月饼，岂能少得了黄灿灿的油瓤？

那红。农妇们早出，彤红的朝阳作伴，晚归，绚丽的晚霞相送，天长日久，红了心，红了感情……再巧的媳妇，再能的姑娘，少不得做针线时针尖扎破手指，割麦子时麦茬划破了小腿，拔胡麻时磨烂了手掌……

那滴滴血珠，让她们记着热烈，记着红火，记着喜庆吉祥。于是嫌院里的金丝莲红得小气，嫌檐下的刀豆花红得无意，便在门外菜畦的塄坎上种些红花。待红花亭亭地长大，举起带刺的头颅，妇女们每日趁着日出前露水重红花刺不扎手时，掐下抿在一起如针的花蕊，集在手心里，两手款款搓揉，揉进她们的喜爱，搓入她们的希冀，直把闪烁的红花针蕊揉成一枚小太阳，中间厚边儿薄，放在太阳下晒，月亮下晾，让它汲取日月精华、天地灵气，而后小心包起藏好，单等中秋到，拿出来当胭脂、当红粉，打扮月饼，让美艳的月饼向圆满的月亮倾诉烂漫的心思。

那……无须再说了，等到中秋节你们见了月饼，吃了月饼，一定会赞叹，会浮想联翩，会终生难忘。

是的，中秋节才蒸月饼，月饼又是献祭月亮的。月亮是坤，属阴。天地合一，月饼与广大青海妇女是不是有着千丝万缕的情缘？

"偷"的道理

　　1965 年入冬时节，笔者服役部队的执勤点拉运储备冬菜，来了一卡车湟源浅山旱地的洋芋，一色成年人拳头大小的麻皮"深眼窝"。执勤点所有的青海籍战士，见了洋芋如见了母亲，见了家里的热炕头，见了喷焰吐火的灶门，见了说话勾着头的尕妹，眼仁多了几许光彩，心窝痒得直磨牙，也不知有几个人趁卸车做了手脚，各班火墙后的角落里皆起了一堆洋芋。

　　当兵，饭是尽量吃的，不缺油水不少肉，饿是无从谈起，馋也谈不上。"偷"这些洋芋，只是稀罕心里那股久违了的乡情，稀罕那股淡忘了的焦巴味儿。无奈执勤点人多锅大，战士来自陕、川、甘、豫、晋等地，口味不一，难得统一起来吃顿煮洋芋，青海籍战士就琢磨着吃"小灶"。

　　没锅，用钢精茶壶；白天不行，晚上来，各班都有泥砌的大火炉，一天不停地添煤捅灰，火呼呼欢窜。带班班长催促上岗的战士走后，把塞满洋芋的茶壶坐在炉面上，查哨一圈回来，，正好煮熟。提前叫醒下一班的哨兵，衣没穿整，纽没扣齐，手已伸进壶里，吹着冷气抓出开了花的洋芋，两手心里来回倒腾几次，边吹气边剥皮，沉声喊着："好撒！好撒！"一连就是几个。吃美了，心窝烫乎乎地挂弹背枪出去上哨了。换下来的哨兵笑眯眯地围定茶壶，把剩下的半壶剥食干净，钻被窝做美梦。

下一个带班班长如法炮制，洋芋味儿经久不散。

某夜，洋芋刚熟，气味正烈，哪知连长深更半夜骑马赶来，进院一阵急骤哨音，把通铺上咬牙打鼾、放屁说梦话的战士紧急集合到院子里，检查行动的敏捷与否，衣着披挂是否合乎战备要求。带班班长怕事情败露，心急之下把滚烫的茶壶塞到床下，顺手抓条毛巾苫住冒着洋芋味儿的壶嘴。紧急集合完毕，战士们回到班里，闻见洋芋味儿飘散得正欢，哪里掩饰得住？只盼连长持缰踏镫早些回连部去，免了一顿"刮鼻子"。正恐慌着，连长英英武武走进班里，站定，抽抽鼻子，笑笑说："别藏了，拿出来吧。"班长小偷被抓似的悻悻地从床下提出茶壶，只见缭绕热气缠着那条毛巾，热兮烫兮，香味飞散兮。连长盘腿在床沿坐稳，接过两只热洋芋，笑得脸儿山丹花似的，嘴上说今后不准这样，可那眼里分明溢出理解、宽容的神色来。

妙就妙在连长也是青海人。

驴日的猪头

青海乡俗，腊月里农家宰了猪，要请党家邻居吃一顿。先头宰的，八成是没饲料了，怕好不容易追肥的猪撂瘦了，就发狠在腊月头上放倒。宰，要请宰把式，要借烫猪的大锅，加上挨刀的猪要狂嚎，难免不让别人知道，况且村里有陈规，宰了不请人，日后脸上无光，于是割一大块下来，连同装成的血肠煮进锅里，打发孩子挨门挨户把亲近的乡党邻舍请来，大块肉，大碗酒，一顿好吃。猪大尚可，猪小，这众人一顿少说能吃掉半片。这也难怪，那时候农村艰难，平日难得见点儿荤腥，又都是田里出死力的壮汉，辛苦干了一年，下去一碗白水猪肉不算稀罕。再说，等自家宰了猪还得回请人家，要吃就吃足，用不着装假。

某村一中年寡妇，腊八前放倒一口百十斤小猪，请人吃去半片，余下半片应付了祭灶，应付了除夕，应付了一个正月，也算。人来客往地吃了几顿肉饭，炒了几盘肉菜。剩下猪头挂在厨房里，任凭五个娃儿进进出出瞅那猪头，当妈的只当没看见。她省，有她的道理。腊月、正月好歹吃了些荤腥，这猪头好放，等肚里的油水消尽了再吃，更香美。再说，谁保证二月二家里不来亲戚？至少省到二月二吧。

倏忽就到了二月二，挂着的猪头有点儿干缩，颜色也变成酱红。娃儿们猪头长猪头短地提醒母亲，母亲想煮不煮矛盾了几天，还是没煮，心想，娃儿们眼馋归娃儿们眼馋，也不能全由了他们，眼下春播，早晚要请人帮忙，等田种了，煮了让帮忙的人吃一顿，总比自家吃得有意义，便铁了脸骂娃儿们："你们只想着猪头。"于是忙着种田。一日，担心娃儿们趁她不在消灭了猪头，也觉着春气逼人，怕便宜了活来的苍蝇，就把挂着的猪头藏进窖里，心想凭窖里的阴凉，十天半个月放得住的，娃儿们回家询问猪头，母亲说：狼叼走了。

倏忽又是一月，种田乏透了的妇人心里干得慌，躁得慌，就想吃点儿油水，这才想到忘在窖里的宝贝猪头。好在地里的活儿全完了，正好煮了答谢帮忙的，自己跟着消受几口。打发一个娃儿烧水，一个娃儿去请人，一个下窖里取猪头。娃儿们欢天喜地，欢呼猪头没有被狼叼去，下窖摸了半天，惊叫一声，把个没肉的猪头骨扔出窖口，同声叫骂：驴日的猪头！

第三辑
山水人文的青海

李国权　摄

绕过金瓦寺

因了方便，数次去过塔尔寺。大金瓦寺、小花寺、大经堂、九间殿……凡允许游人观瞻的去处都去过了；正月十五酥油花，六月初七晒大佛，凡游人能看的佛事都看过了；至于那些风里雪里磕长头的，往寺门上抹酥油的，往门环上挂哈达的，往银灯里添酥油的，往佛堂里扔钱的，见得更是频繁。过后静心咀嚼，总觉得有点儿欠缺，似乎疏漏了什么。这便让我每每留心那些脸上紫外线积淀笃厚的，趄在墙角晒太阳的老阿卡，拖着笨重皮靴在石阶上追逐笑闹的小阿卡，企盼能从那袈裟缠裹的胴体深处寻得一些满意的弥补。

偶尔结识当地中学一位曹老师，声称寺里有他的亲戚朋友，闲暇无事你来他往，交情甚密。于是大喜，心想有此机缘，是深是浅总能探出些底细。

高原四月，春色欲烂未烂，天气乍暖还寒，裸露着灰褐色骨骼肌肤的山包拥抱着塔尔寺，任它炫耀金瓦寺威严的光华。

以寺院为中心，无数小道网状交织、四通八达；被喇嘛、阿卡称为家的一座座庄廓，是就地取土垒打的高墙，参差错落随地势而踞，分布在寺院周围的山坡上，面寺的前墙一律刷了白灰。那层层叠叠散漫而刺目的白色，扰乱了寺院建筑群主调色彩的和谐统一，令人有点儿纳罕。

庄廓大门一律朝寺院，门板或单扇或双扇，多数本色。木纹回旋似龙飞凤舞。门上生铁圆环链扣，门扇微启，铁链仓啷脆响。

曹老师前引进入一个院门，便见一条狗从门洞对面墙角的柴禾堆下跃出，拖着铁绳左腾右挪表演徒劳的攻击，吠声沙哑，引人怜悯的忠烈。院里西北两面有房，低檐泥墙。檐上枯草蜷缩，檐下木柱龟裂，柱石歪斜，窗棂残缺，足见房屋已年高岁久。

青海味道
70

主人才旦，曹老师的远房姑舅兄弟。二十三四岁的精壮小伙儿，微笑溢着腼腆。进入房内，淡淡的酥油味儿滋润鼻息。脱鞋上炕盘腿坐稳，便有热茶、油饼捧上炕桌。油饼造型奇特，色泽艳丽，幽幽地散射出植物油的清香。

才旦好一个美男子，润唇启动，两排牙齿雪亮整齐，令人羡慕。因了穿着便服，因了光头，他身上似有僧俗双重形象。才旦的家乡是藏汉杂居的纯农业区，出家前读过中学，汉话说得地道。无论话题扯荤牵素，每问必答并不忌讳。原来才旦的亲叔叔在寺里为僧数十年，名分不薄。才旦仰仗亲叔叔保举得以出家，一则接替亲叔叔的衣钵，二则有了职业，无须在家待业苦思苦盼。他聪颖好学，灵巧勤谨，入寺三年便得寺管会器重，委派管理寺内集体伙食账务。许是为了证明自己的才干，才旦从写字台的抽屉里翻出一本影集，说头年省佛教协会组织僧侣观光旅游团，他随团负责起居饮食公务。翻着那些色彩鲜明的照片，或合影或单照，背景是天安门、五台山山门等。才旦夹杂在众多袈裟光头的老迈僧人中，无论是制服便帽，还是藏袍礼帽，皆容光焕发、英姿勃勃。正看得入神，耳听才旦频频让酒，挪开影集，见才旦执一瓶香槟，琥珀色液体徐徐倾满茶杯，细微的泡沫在膨发爆裂。

出于释疑，我问及庄廓墙上抹刷的白灰。才旦说每年阴历十月十五至二十五日，是藏传黄教始祖宗喀巴诞辰，全寺僧众家家户户都要墙上刷白，屋顶燃灯，以示戴孝。

才旦执意要留我们吃饭，曹老师从旁鼓动，说入寺不吃阿卡面片，将是终生憾事。才旦盛情挽留，曹老师鼓吹生动，我也乐得应承。在才旦去厨房做饭的空档，曹老师说寺院四周的庄廓院落都是喇嘛阿卡的私人房产，有一人买了别人借住的，有众人合资买了伙住的。房产在寺内可以任意转让买卖，只是不许卖给俗人。才旦买了这院房子，家里亲戚朋友无论男女都可以随意往来，随意留宿。原以为寺院僧众像部队战士般群食群卧，全由号令遣使。这会儿方知自己孤陋寡闻。当僧人如此自在，难怪出家为僧要由寺里的熟人保举。

见我热衷僧人底细，曹老师说寺里有个年轻活佛是他的朋友，明天不妨去那儿转转。这话中我下怀，我乐颠颠只盼长夜缩短，新日速升。

翌日又是美天气。高墙夹峙的扭曲巷道里半巷阳光，半巷阴影，阴阳交替说不透的深沉宁静。弯来拐去，停在一扇极平常的庄廓门前。

入门先是前院。院中央摆放一张破旧的台球案子，落尘染白了绒毛斑驳的台面。旁边支着一辆苫着塑料布的幸福牌摩托车。右手三间没有门面的柴房，一角垛着尘封的柴堆，柱根散放着细碎的麦草。左手的两层木结构小楼却十分整齐，玻璃门窗，油漆板壁。楼下门窗紧合，许是几间闲置的空房。曹老师说这位活佛年轻好动，出门入户摩托车来去，隔三差五要到市区游玩，是一个极活跃的人物。我推想"人物"与活佛之间那神秘有趣的连带关系，想见活佛的心便急不可耐了。

通过低矮昏暗的过道进入后院，恍如进了太虚清幽之境，心绪立时清澄如泉了。这里房屋四合，天井方正，满院青砖地面纤尘不染。南北两屋风门紧闭，彩绘窗棂色调怡目。西屋风门敞开，屋里安置着香案神龛，案上一排锃亮的黄铜灯台，两溜净水铜盅，如豆火苗轻摇慢曳，似神的迷离睡眼。西南角青砖台沿上席地两个年轻阿卡，一个剥葱，一个摘蒜，相互挤眉弄眼、低声说笑。日光逗弄紫红袈裟、青翠蒜苗，呈放鲜活的色彩对比。身后角房里传出嗡嗡的鼓风机声，三五个阿卡正挥勺舞刀忙碌。

有小阿卡进房通报，旋即有人从东房出来。此人三十上下年纪，一米七零高低，偏黑蛋形脸上，陡鼻大眼，阔嘴玉牙。头上咖啡色鸭舌帽，上穿黄哔叽中山装，下着海蓝混纺华达直筒裤，脚上三接头皮鞋，身子周正，不肥不瘦，眉目鲜明，气色两旺。心里猜测此人准是活佛，却又疑惑他为何一副精明的买卖人形象。

活佛果然是他！走进东屋西头，侧身炕沿上坐定，已有小阿卡次第捧来油饼、炒面、酥油清茶安置炕桌上。活佛叫我拌一碗酥油炒面尝尝。我自知缺乏这种修炼，在阿卡面前班门弄斧，贻笑大方，频频摇手不敢献丑。

活佛如见故人，热情溢于言表，起先站着说笑，后来索性倚着门框蹲在门坎上，谈吐诙谐，妙语连珠。我居高临下望着近在咫尺的活佛，恍惚如坠雾海，一时难以相信眼前这个嘴眼灵动的人物会让无数信徒顶礼膜拜。

问起活佛的身世，他如同竹筒倾豆，哗哗见底。原来这门活佛历来都是蒙古人，备受青海、内蒙古等地的蒙古族佛教信徒推崇信仰。上世活佛圆寂后，转世灵童投胎藏家，有了他这个藏族活佛。他出生贫困农民家庭，4 岁入寺，8 岁被"文革"扫出，浪迹十三载，饱尝世间炎凉。1980 年平反回寺，用补发的"工资"买了这院房子……

正听得入神，突有杂沓的皮靴声涌进院里。活佛迅疾走出去。我隔窗张望，入目景观令我怦然心动。只见十几个裹着白板皮袄的蒙古族男女老少，背负手携大大小小的布施包裹，垂首躬腰鱼贯挪到活佛身前，接受活佛摩顶。站在檐下的活佛表情安详，几分随和，几分威严，右手轻轻触摸对方的额头，左手或拍拍对方的肩头，或抚摸对方的胳膊，喏喏有语。我看得惊讶，一时感触涌动，心想来得真也凑巧，碰见了如此场面，想其余味必是咀嚼无尽的。问及身旁年轻阿卡，得知有一蒙古族老人头年许了心愿，今日在这里举办还愿经事。全寺将有五位活佛来这儿做平安吉祥法事。

　　我知不便久扰，告辞时，活佛执意挽留，说经事尚早，觉得院里嘈杂，可到他的卧室再叙。我乐得看看活佛的住室，客随主便。

　　活佛的住室在外院小楼上。作为起居室的外间陈设不多，摆放也随便。最引人的，是那靠着上墙的佛座。佛座与单人沙发无异，垫得如木椅般高低，上面层层叠叠苫了不少金黄锦缎丝绸，光华刺目。望着它，真想坐上去试试它的舒适绵软，却又害怕它果真有什么不可亵渎的神圣法力，没敢造次。

青海味道

74

　　条几上摆着四色干鲜果品，看那整齐模样，估计是款待其他活佛的，可活佛抓一苹果塞我手中，盛情非领不可。

　　趁我们吃苹果的工夫，活佛从写字台吊柜里摸出一双尼龙袜子说，早上起得急，忘了穿袜子，转而向曹老师抖抖有点儿破旧的袜子，开起玩笑来："我的袜子破烂得不像样子，曹老师行行好给我一双。"曹老师顺话茬回了两句，惹得活佛一阵嘻笑。

　　离开活佛庄廓老远，禁不住回头看了片刻，土打的高墙，墙头枯苔斑驳。立在墙角的白色吉祥石清高孤独。炊烟时浓时淡向南飘散，丝丝缕缕牵引我的目光南移，望见了南边高杆上轻舒漫卷的经幡，金瓦寺辉煌的屋脊……

　　我终于大满足。

山水纵横

——湟源写意

你是山。

你有多种别号：乌图长山、钟岭梁、峨头山、华石山、青阳山、野牛山、日月山、恰合山、黄茂达阪山、将军山……

是娲皇采石补天给你的命名，还是西王母巡游驻牧给你的封号？

你不作答。你只用躬脊、耸肩、昂首、伏腰的姿态，宽厚、坚实、博大、永恒的姿势做出证明：你是脚下这片热土的维护者、守望者。

当尘埃从时光身上剥落，一层一层加盖在你的身上；当时而轻舒漫卷，时而纵横驰骋的历史云烟掠过身躯，使你的骨骼更硬、气脉更旺、精血更足、脾气更倔的时候，你愈加沉默寡言。你宁肯沉默，是因为喧哗稍纵即逝；你乐于寡言，是因为你经见得太多太久，无从说起。你无所谓展示，无所谓等待，也无所谓期盼。你只有存在。

数千年的存在。

终于有一天，你尘封的心鼓再一次击响。原来有十几人从那个号称县城的地方沓沓而出，用双脚敲着那号称街道小巷和田间阡陌的蜘蛛网线，爬上一段倾颓了的号称南古城或临羌城的土台。你的沉梦被惊扰。又是谁在那被风雨剥蚀的历史残骸上给你发送出强劲的联络信号？你调动了清风，裹挟着暑热掠过土台和那些人的身躯，而后从你脚下掠上头顶，于是你闻见了晶晶花、矢车菊、蜜罐罐花的芬芳，闻见了湿土、洋芋花、燕麦穗、蚕豆秆以及牛羊粪便的气味。你从这驳杂的气味中分解出了你的骨头的气味、血脉的气味和头发、汗毛、脚趾甲的气味。于是你用静默向他们发送你的感应。你让天空闪烁宝石蓝的亮丽，让云彩像棉花一样涌集成团，让红嘴鸦和喜鹊叫声嘹亮，让蝴蝶、蜜蜂的翅膀把空气扇出颤音。于是他们便频频向你张望，用目光给你发送他们对你的神往和崇敬。你和他们就这样沟通了。沟通了的还有东汉护羌校尉张纡、后将军赵充国、张掖太守邓训、唐礼部尚书江夏王李道宗及文成公主、陕西节度使哥舒翰，以及川陕总督、抚远大将军年羹尧……

这又一次的沟通让你感动，也让你困惑。这些对你的守护持有敬畏心和感恩心，进而向你表示膜拜的子民，来过多少，又走了多少？你记不清了。他们沓沓而来，匆匆而去，来得突兀，去得决然，一拨一拨替换得太快、太勤、太频繁。一如季节从你头上频频摘换的帽子，时而是初春褐灰色毡帽，时而是盛夏苍绿的草帽，接着又是秋的黄皮帽和冬的白绒帽。究竟换了多少年多少代，实在难以计数。不过，有一种信念却岩石一样盘结在你的心底，被你维护守望的这片热土孕育的子民们，都有着一颗永不泯灭的爱心，潜在着一股极有张力的豪气。他们的爱心、豪气是与你的气脉扭结在一起，靠着你的坚实，凭着你的厚重，历经数千次的风刀霜剑、战火硝烟而生生不息。一旦感知一丝一毫的生存便利，便会破土而出茁壮成长，为这片热土挺起一棵大树，布下一片荫凉。一如当年的邑人贡生杨治平，依清廷内务部所颁布志例编撰了《丹噶尔厅志》；又如当年县知事陈泽藩，发动地方各界捐修学校、文庙、劝学所；再如当年的巨商李耀庭捐献教育基金一万两…… 就是这些着眼于教化的善举，让数以千年的人文气脉伴随你的存在延续下来，成为这片热土的精神骨架。一枝弱生的嫩芽，一旦把细蔓缠附在这个骨架上，就会汲取强大的养料，而后顺着坚固的脊柱、粗壮的四肢延展派生而成，长得出类拔萃。今天，此刻，这又一拨来访的人文使者，尤其是那几位秉承了你的气魄的故地子民，又要追随前贤的足迹，把他们散布的人文精神传播，发扬光大。他们是受形势和故土的召唤，来这里为即将搭建的又一座人文大厦添砖加瓦的。他们已与县政府达成了共识，在这方以农耕做骨架，以少量畜牧业作为补充的传统农耕文明台地上，大办工业没有条件，扩充农业又受气候、地理条件的限制，与新时期发展经济的总体思路和发展趋向最吻合的，是扩大旅游业。而旅游业是要凭借厚重的文史积淀和独特的自然、人文景观。让你、让县政府以及你的子民们欣慰的是，在你维护的这方热土上，数千年来发生过那么多留踪史册的历史事件，出现过那么多彪炳典籍的仁人志士，产生过那么多家喻户晓的美丽传说，留下了那么多古老独特的古迹……其中尤以文成公主进藏途经的日月山，丹噶尔城的茶马集市等灿烂史迹声播海内外，为这方热土赢得了"进藏咽喉""入藏通衢""环湖商都""小北京"等令人神往的美誉。如今，如何把这些灿烂的却又零散的文史遗珠，用新时期旅游文化的大主题串联构架成一个完好的有规模、上档次的整体，使其呈现出不可替代的品牌优势，成了你和你的子民们必须思考和着手实践的新课题。其实，出于自觉或不自觉，你守望的这片热土的子民们早就开始了这样的探索和实践。

如他，那个一身藏蓝色套装，身板如杨树一样挺拔，68岁依然有着虎虎生气的高个汉子，在给来访者侃侃而谈的同时，一眼一眼与你做着交流。在这有声与无声、动与静的对视中，他感应着你的壮阔，你感应着他的丰富。这个在教育圣水里畅游三十几载的后贤，用质朴之心、多彩文气浇灌了几多桃园，几多李圃，如今卸甲不归田，又扑进历史长河探觅被淹没的唐蕃古道的骏马蹄印，南丝路要冲的走向，东科寺火焚后的经卷残片，茶马互市遗留的古币……他熟知故土历史一如熟知自己的五脏六腑。他数说自己手指一样数说唐开元十七年方朔节度使李炜与吐蕃对峙首攻石堡城，数说哈拉库图城内消失的禹王庙，数说清廷钦差大臣祭海后在扎藏寺的会盟，数说故土邑人朱绣奉北洋政府使命进藏和平谈判……他每说一句就连着你的筋，牵着你的肉，让你激动得把心潮变成累累云浪，在头顶翻涌，把热泪汇成小溪，在脚下潺潺流淌。这位不倦的追史者，在你的守望和期待下，踩着前贤王子贞的足迹，为故土丈量出更精确的文史经纬。

再如他，那个碌碡样敦实，羊皮水袋般滚圆，有着绵羊的憨厚，狐狸的精明，马驹的顽皮和猴子的幽默的中年汉子，正在你的俯视下挤眉弄眼、手舞足蹈。他知道你偏护他，像母亲偏护奶干子，借着充沛的奶水注给他更足的灵性。他深沐你的维护、守望和养育之恩，悄悄地又大张旗鼓地实施着自己的回报。他自豪，他满头是你的头发，浑身是你的气味，心脏跳着你的脉搏。他用城市的电灶烧烤家乡的豆角、洋芋，却用野乡的笑话挑衅城市文明；他把电脑放在你的怀抱，鼠标连线伸进你的肚脐眼里……他用他的方式为你守望的这片热土谱写赞歌、杜撰颂词，翻检病历，搜集良方。他钟情豆面饭块的大众倾向，搓鱼儿的乡土口味；他痴迷于农夫，倾情于村姑……他在高规格的多地域文化论坛会议上找不到感觉，却乐于脚踏实地地在你的怀抱里展示才情……他用执着证明着你的执着，用从容体现着你的从容，用勤勉对应着你的勤勉……

这是多么合理又自然的搭配：一个从历史纵深观照形而上的意识形态，一个从民间生活的层面上开掘形而下的生活的底蕴；再如上一个以官方意图和实力开拓局面保驾护航的他，实在是让你的子民们对前景充满了信心和期待。他在县城主管宣传，这个结实得如一截松木，机敏、

青海味道

80

灵活、勤谨得像只布谷鸟的青年汉子，心里鼓胀着时代的气息，浑身凝聚着奋进的活力。时代赋予他张扬确认地方文化品格、建树地域文化载体的重责，让他有了弓满箭上弦的紧迫压力，有了乘风上云霄的豪迈情怀。他对故土文化渊源的考证及前景的构想，在一次又一次与你的对视感应中成熟，并把觅微索幽的思想触须探进宗家沟的石洞、扎藏寺的经堂、石堡城下的碎石、北古城上的残瓦……他坚信，无论即将实施的刻石长廊，还是昆仑文化发祥地和西王母圣迹的考证，故乡的山水草木都在给他启示，给他策动，作为一名公务员，他用目标填满了任期，只待把一页页设想转换成一面面壮观的摩崖石刻，一条古老却意蕴绵长的风情长街，几卷考证翔实的地方文史典籍……此刻，他再次向你虔诚地举起相机，把你从容绵长的起伏、厚实博大的存在记录在心，成为他的动力和信心。

　　当然，参与到这个方阵向前挺进的，还有你的数以千万计的子民们。你该做的，就是拭目以待。

　　你是水。

　　古往今来，世世代代的子民们只叫你的芳名——湟水。

　　被日月山隔在牧原东北隅的这块 1509 平方公里的大野，是你恩泽的化境。在 1 ∶ 28 万的地图上，这块大野被浓缩为一枚树叶，或一颗心脏。无疑，你就是这枚树叶的主茎，这颗心脏的大脉。是你，以祖母的慈心和母亲的柔怀，把所有从深山老林里呻吟着走出来的流浪儿女揽集在你的怀抱，哪怕最不起眼、最弱小的。而后把你充沛的爱意深情注入她们的体内，再分配她们走向四面八方滋润那些干渴的生灵。

你具备女娲的优雅、西王母的丰韵。你低吟浅唱着从远古的迷蒙中潺潺而来，沿途承受了战马乱蹄的践踏、硝石火炮的侵蚀，地动山摇的撕裂，也经受了干旱的抢掠、洪涝的欺凌及种种无礼的阻塞。你用野性与天灾人祸抗争，用冰雹发泄你的狂怒，最终仍被一次又一次的灾难改变形迹，致使你荫庇的这块福地零落得披头散发、衣衫褴褛、满身疮痍。你是揣着一肚子郁愤和委屈，长啸着流过千年时光的河床，进入了现实。你用自身的实践，谱写了一曲流淌的悲歌，一段苦涩的说词，一卷喧响的故事。你是这故事的太祖母、祖母、母亲、大姑、小姨、姊妹和女婴。你是这段传奇里秀发飘逸的女精灵。

如今，这方大野在西部大开发的鼓乐声中逐渐成熟、丰满起来。作为她的大脉，你的存在被赋予了时代的品格，时时处处显示着多姿多彩的活力。春天，你是河岸上率先灿烂的桃红柳翠，是院墙一角默默含笑的杏花，是农舍一角逸然施展的李白迎春黄。夏天，你是农舍花池含苞怒放的牡丹，土屋檐下精彩的龙爪、金丝莲，是山坡野地里的金露梅、银露梅、曼陀罗花。秋天，你是庭院内随风舞蹈的波斯菊、大丽花，是疏林边的蜀葵、菜地场坝上的向日葵。冬天，你是热炕上的枕头、缎被面，是门箱炕柜里待嫁的绣衣，是女主人穿针引线的七彩锦缎，是堂屋米柜上的五蝠捧寿，是雕刻在廊柱檐板上的菊竹梅兰、桃榴寿柿。你的气息无处不有，光华无时不在。你的精魂远在天边，近在眼前。

你是方圆上千公里的爱心慈怀、锦心绣口。

你拥有太多太多的崇拜者、追随者、模仿者，她是其中之一。

她是你胸前的一粒纽扣，玲珑剔透，闪着翡翠的光华。星泉，是她的芳名。泉如星，或者星星般的泉水，是你灵犀的写照。她在你的意境中诞生，在你的诱导下生长，又在你的期盼中成熟，她是你形象的证明，你是她存在的依托。

她诞生在星泉农家土炕。弱年，父母辈婚姻的破裂再结合，给她构成一个复杂的家庭结构。兄妹七八人，三组遗传基因。同在一个屋檐下，三把勺子一个锅里搅，有和谐，也有太多舛误。从那时起，她弱小的心里就充满了对生存的困惑，对前途的隐忧。早起洒水扫院，鸟鹊的啼叫让她无端地迷惘，傍晚放学去泉边水草地割草，风的轻柔、草的干湿都令她莫名地惆怅。那时，她的生命一如豆苗，细弱的心灵意识不到是你把大自然的灵慧注进她的血液。后来她长大了，丰满了，懂事了，从你冲击河岸卵石的柔韧的哗响中，从你往田地沃土中默默渗透的从容中得到了诱导和启发，开始把累积的心事一字一句记录下来，如你把润泽的气息托举起来，变换成雨露滴洒禾苗。她把一腔深情爱意变换成一首小诗、一篇短文，带着炕毡陈年的烟火味儿投向她神往的精神园地，献身于省级报刊专栏。与她这段梦一样绚丽的往事同步，你的一个姊妹从包图长山奔出来，沿着那条名叫"黄海渠"的生存线路，顺着一个个山兄坡弟的肩膀臂弯曲曲折折向前延展，让一面面荒坡野梁找到了出路，满足了期望。如同她的思绪和情怀派生出绚烂的词章，你的姊妹也派生了一排排树木、一垅垅麦田、一畦畦果香、一群群牛羊……你涵养着这方宝地。终于扔掉了褴褛的衣衫，治愈溃脓的疮痍，梳拢起壮美的发型，焕发出少女般的亮丽妩媚。焕发了光彩的还有你统领的一切生灵，包括她，以及她周围的她们。

　　那时，你和她都期望并相信，她和她们的锦绣心肠，也和曾经从这里走出去的那位极富同情心和正义感的才女一样，会在更远更高的领域得以体现和张扬。事实是，她和她们都做了另一种选择。一如你受到流域的限制，在奔往大海之前先要把大量的精血回报给承载你的这方热土。她和她们为了那亘古的道义，为了亲情的和谐和心灵的宁静，甚或就是为了他人的利益，屈从了违背憧憬的生存安排。也如你，在经历了奔涌的骚动和喧闹，经历了寻觅的艰难和失意后，不得不让自己无声无息地渗进干涩的土地，并从此隐忍一世。这是一种奉献和牺牲，发端于你远古的生命形态。无论一掬甘露、一场春雨、一度狂雪，都应时而降，体现天地造化，解除生灵渴求。有了你的表率，延续了数千年奉献和牺牲的她和她们的太祖母、祖母、母亲、姑姨、姊妹，都心甘情愿隐身于脚下的土地，融情于自然，化爱于生灵。于是，这片土地便如女婴般灵秀起来，少女般多情起来，主妇般端庄起来。初春，田野上升腾的氤氲气息，无疑是你和她们对大自然多情抚摸的羞涩回应；盛夏，那无处不有的耀眼花红，准定是你和她们又一度的约信，显现生命的律动；秋中，那满川满坡、满沟满洼黄熟的稼禾，乳汁般蓄满了你和她们的丰胸；深冬，那窖藏的果香、柜储的麦香、瓶装的酒香、冒气的肉香，全都生发于你和她们在收敛中蓄集的新的能量的气息和脉象。这气息和脉象，让你和她们的生存形态随处可以触摸，随时可以感知。一如一棵幼苗在风雨的触摸中长成参天大树，一粒种子在日月的感知中铺成万亩良田，一滴乳汁在爱恋的呵护下奔跑成一群骏马……你和她们是这片热土的秀发、眼波、歌喉和心跳。每一束秀发的润泽，每一次顾盼的目光，无不体现着这片热土的活力和丰美。如今，你和她们的气息、脉搏又被注入了新时代的品格。每当她或她们在喜鹊的欢叫中洒水扫院，把居室揩抹得窗明几净的时刻，你就相信又有一拨文明的使者从遥远的地方带着对你和她的神往上路了；每当她和她们提着镰刀没入麦田，提着奶桶接近黑白花奶牛，乘着手扶拖拉机或丈夫的摩托去超市批发烟酒果蔬的时刻，你就明白又一批旅行者、观光者怀着对你和对她们的向往向这片热土走来；每当她和她们拿着手铲走进门前园后的菜地，拔一棵水灵的大白菜，摘几枝碧绿的甜菜时，你就相信她和她们要为上门的旅客准备口味独特的饭食，要施展她们的秀心巧手了；每当她们微笑着让客人入座，把亲手烹制的十大碗、搓鱼儿、豆面饭块、煮豆角、煮洋芋以及连带的乡土菜肴端上桌的时刻，你相信那些五湖四海的游客吃喝玩乐、酒足饭饱后带去的，除了味觉上的别致新鲜，视觉上的秀美峻奇外，更多的是对你的自然魅力和对她们的人格魅力的深深回味。是你，让这一拨一群的时代过客在记住一枚树叶的同时，记住了一棵大树；在记住一线波纹的同时，记住了一片浩淼水域；在记住她和她们的羞涩、腼腆、质朴和勤谨的同时，记住了你的大美、大气净化了的这片热土……谁还会怀疑，这片被誉为水土氤氲而产生美女的宝地，在源源不断的记忆的伸展张扬里，会派生出多少划时代的风流来！

梨花盛开的地方

贵德首届梨花节拟定在五月初举行。估计官方意图是把劳动节与梨花节连袂，气氛更浓，效果更佳。单从时间论，梨花的盛期当在四月下旬。倘或其间来场不测风雨，节前把满树满川雪晶粉团似的梨花扫掠殆尽，只留几许残瓣在枝头，一定会让人们产生"节日安在，梨花何去"的遗憾。再说，以梨花命名的节日，又是首届，难免迎来送往聚吃聚欢的场面，身心被这些俗礼纠缠，酒足饭饱之后再去欣赏梨花，所见必是皮毛，错失的却是精髓，故而来它个避虚就实、删繁就简，于节前梨花盛期悄悄地去了贵德。

走进贵德，就会怀疑上帝偏心，不但把城市里水泥建筑物挤掉的绿色尽数移植在贵德，还把一树一树玉白的珊瑚点缀在铺天蓝地的碧绿波涛之中，让人艳羡贵德人的造化。而心里总是揣着一盆火的贵德人生怕一角一隅的梨花难以让外来人动情、折服，必然把梨香腌渍了的自豪化作雅淡的口气，美美地说：去城南党校，去贵德中学看看吧。其实对于省城来的人，仅仅阿什贡的那些梨花就足以叫他们把一路享受不尽的陶醉带进旅馆，带进饭堂，再带进梦里。

观赏贵德梨花，就好像拜读一部经典著作，从封面到序言，到目录，到正文，由远及近、由表及里逐步深入，才能看得全面，看得透彻。它的封面，无疑是在城关城北。只要你登上玉皇阁，居高临下，就会把前后左右一团一团粉凝玉琢似的梨花尽收眼底。那单独的，与身边的榆柳相依相偎，恍如翡翠托盘掌着羊脂玉杯；那成群的，恍如冰涛鼓涌，雪浪翻卷。那挑逗人的清雅，撩拨人的素洁，让你灵魂出窍，去接受一次脱俗的清洗和过滤。

翻开这清新夺目的封面，你面对的将是一篇光彩灼人的序言。它由河阴、河西、河东三个段落组成，绿是基调，生命是文心。要想读懂这篇深邃的序言，必须拉大距离登上南海殿，找到更高的着眼点和更开阔的视野。你极目远眺，满世界是树木组成的海洋，阳光折射下，葱绿、翠绿、粉绿、墨绿的波涛起起伏伏，从脚下向目光的尽头涌去，抚摸和击打天边褐红、苍黄的山峰；又从目光的尽头起起伏伏涌回脚下，给你传达着某种希望和信心。其间那星星点点、似隐似现的白色浪花，无疑是绿树丛中一树一树的梨花！也是这篇序言后面一条一条的目录。不难设想，这貌似宁静的树木的海洋深处，围绕一星一星浪花般闪烁的梨树，有着多少或欢愉或忧伤的故事哟！

于是你走进了正文。走进了熟悉的或不熟悉的某个院落，站在一棵高大的梨树撑起的花伞下面，阳光从这顶硕大芬芳的花伞的缝隙漏下来，镀你浑身斑斑驳驳的亮点。蜜蜂哼着陶醉的小调把你的心思引上树枝，闹不好你会恍惚起来，头顶荫庇着你的，分明是一团从瑶池掉下来的祥云嘛！它由一串一串繁密的琼花堆砌而成，半透明的花瓣玉一样鲜润晶莹，带着天庭的圣洁高贵，却又如此清白地面对人间。也许你会吃惊，一棵树上竟能生出如此繁密的花来。一朵花紧挨着一朵花，多情地抱住树枝，让那细枝沉甸甸往下垂吊。究竟需要多少朵花儿才能把如此硕大的树冠装扮得这般雍容华贵，这般不同凡响？而且不用娇色，不用媚态，只凭它的素洁端庄不声不响地挺立在民间。难怪贵德人说起梨花来，宁静中透着热烈，谦恭里含着自豪。在贵德，这样的梨花不只在一家一户，不只在一村一乡，而是满川遍野啊！

大凡有心人，单独站在梨花下，就会听到一种若有似无的声音。这是天籁！是人与花木相互感应而产生的灵犀，是人心对梨花的诉说，是梨花对人的倾吐。人与树都知道，它的花期有限，短暂的繁荣过后就是香消玉殒，残片入泥。树是昨日老树，花是今日新花，新花一度，惹来多少关注与赞美。恍恍数日后，花谢花落，老树该当如何？除了那些只为赏花，只为摘果的匆匆过客，贵德人是不敢慢待无花无果时的老树的！

他，老乜，笑吟吟从梨花洒满清香的村巷走过，每每要抬头看看逸出墙头的那树繁花。这棵梨树不是他爷爷栽种的，却与他爷爷栽的那些梨树同龄，苍劲而茂盛。如今繁花压枝，再度昭示秋后的丰硕。他60岁从县政府退休，如今七十有二，活泼不减当年，气魄愈加练达。是朝朝暮暮年年岁岁的梨香浸润了他的血液、经络、笔墨，不但使他的书法具备梨树一样苍健的筋骨，还包含着梨花一样素雅的神韵。毕竟退休后像那谢尽春花的梨树，因没有荒废寸光寸阴而坦坦荡荡地面对着秋天。

万得太的新家在宁果公路边，两个砖柱中间是两扇宽大的涂漆铁皮门扇。他把庄廓前的空地用砖墙围起来饲养奶牛，一进两院的格局。这个自小坐在灶门前习念佛经的本教阿卡的后人，如今住的是四间砖混结构平房，油漆门窗，水泥地坪，宽敞明亮的堂屋一角堆着鼓鼓的粮食麻袋。五十好几的人，鬓角虽已灰白，气韵依旧透着藏民族亘古的骠悍，体格像进入成年的梨树树干，质地柔韧而硬实，清清爽爽没一点儿闲肉。他把旧院前拥有十几棵梨树的果园留给儿子管理，自己在新院栽培了十几棵苹果，稀疏稚嫩的枝头举着数量不多却可人的白花，乍看与小龄的梨树颇像姐妹。朝出夕归，他总会把目光从那十几只肥壮的羯羊身上（给黄河帐房宾馆圈养的商品）移到这些苹果树上，追忆小时候巴望梨树开花、结果的那份焦渴，心想今后塞到孙儿手里的，不止黄澄澄的梨儿，还有红扑扑的苹果呢。这人世间的事，只有梨儿味道恐怕不够。像他，学念了十几年佛经，渐渐地没有工夫和兴趣再念，而高考落榜的女儿决心要上大学，正拼命地补习哩。

尕梁出生后，母亲栽在院里的一株梨树幼苗如今高过房檐了，今年

青海味道

90

的花儿开得格外繁密，使得绕树飞行的蜜蜂火烧火燎地忙。这株年轻梨树无意间占了好地方，没有给尕梁的庭院建设造成妨碍。要不，又得像那棵长了近百年的老梨树，为扩充宅基不得不锯倒。真是迫不得已才下了这样无情的决心。如今，又一面三间新房起来了，第二道院门和通向房后的偏门都用红砖砌成月亮形。砖是地道的褐红，灰缝填得饱满而一丝不苟。加上漆成杏黄色的檐柱、经柱、扎梁、门窗，再加上粉刷成土红的墙面，粗细均匀、间隔对称的净白的椽子，扑面的是温馨、整洁、亮堂的效果。梨乡人盖房如绣花，一针一线都讲求美观，不允许马虎。进院，是这样的房屋，入室是朴素的陈设，盈实明朗，显现着主人的勤劳和生活热情，更何况房前有花，牡丹花、芍药花、大荔花、金簪花；墙外有柳，水渠柳、阔叶柳、尖杨柳，其间繁荣着扩散清香的梨花，任谁见了都会弹舌。这，是尕梁承包鱼塘辛劳了六年的收获。多种经营的甜头，要比一年只收获几筐梨儿浓醇得多呢。

　　设想这般美的图画上，该不会没有一星半点的斑瑕吧？是呢，完美不就是一种不完美吗？每当18岁的小王走进县中学大门，从梨花映得亮晃晃的绿荫中穿过，心里就冒出许许多多的困惑。18是敏感的年龄，事业、前途、理想，还在触摸不到的地方，而她切切实实体会到的，是父亲领不到工资的惆怅。这惆怅与她几乎天天看到的那些迎来送往的小车和饭馆里呼天叫地的猜拳声重叠在一起，实在让她纳闷！也许上学的道路仅此一条，地方又偏小，故而她今日见到的不过是昨天留下的幻影？也许新时期的生活就该这样，在喧闹的享受和沉默的奉献之间划上等号？如同早年清一色只长梨树的果园里，由于物种单一和退化，人们不能不把一部分或大部分精力、热情从梨树上移开，引进培植别的果木，寻找和创造比梨花还要丰美，比梨儿还要香甜的日子。如她，整日伴着满园的梨花读书、成长，潜入脑海的知识都散发着梨花的清香，可她的目光没有被眼前的几株梨树罩住。她知道，世界大得很呢！

那一个测点

七月的太阳富有而慷慨，舞着金黄手臂，把茸茸的草山抚摸得绿意斑斓，呼出那袅袅的氤氲气息，浸泅得天蓝得不能再蓝，云白得不能再白。

舒缓的山坳里，围棋子儿似的布着几顶黑牛毛帐房，其间歪斜的木桩扯着悠悠缰绳，限制得瘦马摇头跺蹄，壮牛甩角摆尾。有黑毛狗慢条斯理来去游弋，白毛狗在帐房阴凉处偏头歪脑啃骨头，褐毛狗伸展健躯打盹儿，杂毛狗昂头盯视飞鸟……一种威慑人心的安适和宁静。

我站在山坳最低处，怯怯不敢前往。随着图板上弯弯曲曲等高线渐次缩小，我们测绘小组来到这夏季牧场。山坳正中，有我该跑的一个测点。巡视那几条体壮如犊的牧羊狗，想象被撕咬的痛楚，灵魂不肯守窍。

不去不行。我双手横握红白相间的标杆，仗着杆头有个铁尖，仗着一定有人解围的愿望，心虚胆颤地前行。不及十步，耳听得几声沙哑狗吠，便见五支响箭从不同角度射来。我歇斯底里地吼一声，抡动标杆风车似转动起来，只见有黑色、白色、褐色、灰色、杂色五个毛团在我四周左腾右挪，前扑后跃，间或闪现尖利的白牙，明亮的眼球，水红的舌头，吠声紧捶我的耳鼓。我跳窜腾挪，胡乱扫动标杆，让那红白相间的虚无圆圈护定身体，同时大声吼叫，用以壮胆，用以求救，只不敢怠慢片刻，生怕其中的一个毛团乘虚而入，撕去腿上一片好肉。

几声清亮的吆喝伴着衣饰的叮当声从高处飘下，吠声小了，慢了，几个毛团四散而去。我这才有精力看明白，白毛狗和杂毛狗边退边扭头看我，一副没有戏弄够的遗憾神态。黑毛狗老态龙钟，肚腹后胯的毛已褪尽，灰毛狗大如牛犊，肚皮一鼓一瘪粗气哈哈喷出，满眼球的不屑一顾。

来解围的藏族女孩剑眉杏目、紫唇玉牙，两鬓细辫散垂，颈上珊瑚数串，背上银饰叮当。先是咯咯脆笑，接着呜里哇啦打手势。我领会她叫我不要在意，去帐房安定心神歇息喝茶。我惊魂初定，方才知觉一头虚汗，浑身乏力。竖直标杆，等图板那边打来旗语，便跟随藏族女孩往帐房走去，心想有她领头，那些狗们不会再猖狂。果然，走近帐房，看清狗们的面目时，全是一副视而不见的模样。

进帐房刚刚盘腿坐稳，忽见对面羊皮上蹲着一条小狗，心猛地一抖，不自在起来。好在它毕竟是条小狗。它很小，小得与猫儿一样，一身光泽滑动的土黄毛皮，高额大耳，塌鼻阔嘴。细看，那一脸憨态里，还有几分幽默，几分滑稽。我不懂狗道，却不难推想这是一种稀有的纯种哈巴。因了它的小巧玲珑、温存友好，竟对它产生了几分好感，心想上帝也真公平，造就了凶狠令人讨厌的大狗，也造就了稀罕好玩的哈巴狗，一时激动，真想把它揽入怀中施以爱抚，以排遣对那些大狗们的恼恨心理。

　　藏族女孩双手递给我盛满奶茶的龙碗，纤腰扭动银饰仓啷出了帐房。轻呷一口，酥油浮动未曾融化。适见一边木箱上有骨筷一双，想取来搅搅，手未伸展，便听呼的一声，见小狗站起，憨脸上竟有了几分凶相，前腿绷直，后腿微曲，随时扑袭的姿势。我想它一定误会了我的举动，就像给哑巴比划那样先指指骨筷，后在碗上作搅动状，盼那憨脸上的凶相退去，显出先前的友善来。可它不理会我的解释，让那小眼不停地释放出凶光来，还示威性地龇了龇牙。我不甘心在这小狗面前畏怯退缩，心想它毕竟是小狗，力单势薄，极易对付的，于是任性地伸长胳膊抓住骨筷，听得它鼻腔里呼呼声排出，盼它跳起扑来以检验我的勇敢和灵活。然而，它只轻声吠叫两声，便歪着脑袋呆呆盯视着我，似乎为它的虚张声势没能奏效而倍觉失意。

　　喝了茶，藏族女孩送我离了山坳。有感于她的盛情，驻足回头凝思良久，如果起初面对那些大狗也能镇定自若、方寸不乱，会是什么结局？

登　高

接连好几年，每当听得别人重阳登高，玩得尽兴，有所收益，有所发泄，心里不免泛起些懊悔。别人每每能玩，自己何尝不能玩玩？无意于发泄积怨，无意于寄托向往，效仿别人登临高处，于野火酒歌里寻点儿人生乐趣还是可以吧！主意敲定，只等来年。哪知到了第二年，疲于应付生计的脑袋早把重阳登高忘了个一干二净。待见人家登高归来，恍然知之为时又晚。年复一年，懊悔复懊悔，登高终为空想。

许是为了弥补心里这点儿缺憾，抑或为了平息心里再次泛起的小小躁动，今年阴历九月初九上午，冒着深秋浓重的寒意，踩着一路落叶，我来到北山脚下。

北山不高，无仙。然而仰望之，山体巍峨，石岩重叠，阴旮阳旯里，土楼观红墙逶迤，飞檐插天；山腰小径如蛇，扭曲上蹿，藏头处，危岩突兀，飞云走雾。

从山脚拾级而上，不时被迫侧身停在路边，给山上下来的人流让路。从山上下来的游人三人一群，七人一伙，络绎不绝。重阳登高讲究绝早，人们都想赶早，无形地相互催促攀比，从凌晨开始就把人们诱上山顶。那些披皮袄穿棉衣的游人，无疑去得更早。上山燃起一堆篝火，团团围定，喝三吆四，唱五喊六，烧酒燃沸一腔兴头，就把熬夜的寒苦扔在脑后。其间断然少不了有人跳跳迪斯科，有人喝醉，有人打情骂俏。此刻，游人像凯旋的队伍，眼皮上抬着沉重的困倦，嘴角含着闹够了、玩美了、喝足了的惬意，浩浩荡荡涌下山来。相比之下，我这迟来者身单势薄，自觉有点儿不识时务，逆流而动，竟一时无颜与人对视，生怕从人家眼里看出对我的揶揄和讥笑来。

我时走时停，不断看见路边的坑坑洼洼里有些印着鹿马图案和没有图案的黄纸片片，及至山顶，这种纸片多得惊人。有些纸片被枯草树枝挂住，被风戏弄得索索抖动；有些纸片重重叠叠躲在避风的旮旯角落、岩缝沟渠里，看不出还有高飞的意思；少数纸片被风吹到路上，在游人脚前身后飘飞，最终被人踩得破碎。这些驮着主人美好愿望的鹿马，不知是主人缺了精饲料，还是主人驮上去的愿望过于沉重，未能远走高飞完成使命，却落得这般结果，思来可叹可悲。

缓步爬到宁寿塔下，渗出发际的细汗即被冷风舔干，驻足环顾四周，竟不见有一人留连山头。想这山顶昨夜人声鼎沸，情采飞扬，此刻却空旷冷清，荒芜寂寥，触目全是篝火的余烬，摔碎的酒瓶，踩扁的食品盒，揉皱的报纸，一派狂热旋风卷掠过的迹象。唯一给我作伴的宁寿塔，冷冰冰矗立着，凛然不动声色。我蓦然觉得有点儿孤独，有点儿凄凉，有点儿酸楚，懊悔没能结伴上山，没能对火舞蹈，把酒当歌，却孤零零步人后尘，自寻烦恼。

寻一避风处，我无所用心地把目光扫向远处。阴天，广宇里弥漫着灰蒙蒙的冷云，远处的山峦河川因此而变得淡远模糊。近处，那由各式各样火柴匣般的建筑物组合的西宁古城，被如梭的车流、如蚁的人流匆匆编织得红红火火，无处不是烫人眼目的热烈气象。我像搜寻什么似的看来看去，冷冰冰的目光像受了烘烤，渐渐变得热切、活跃起来。我执拗地把目光再次扫向远方，让它随着想象描画天边那些看不清的景色，描画山峦起伏的壮丽和湟水东奔的气势。于是，我心里那点儿懊悔倏然冰释，热乎乎飞出一个渴求未知的愿望。难怪人往高处走呢！走到高处，才能找到新的视野，才会发现：人的目光不及之处，还有更加广阔富有的境界……

我收回目光，俯视脚下那条缠绕山体的小路。小路呈之字形穿越褐色的丛林时隐时现，在灰白色的路面上，稀稀落落蠕动着几个向上爬行的人影，显得异常冷清。我想，大凡世上通向高处之路，都像这条小路一样，时而热闹，时而冷清吧？那些趁着热闹攀登的人，由于攀登者过于密集，过于急迫，难免要担些被拥挤被踩踏的风险；而那些无意与人拥挤的人，趁着冷清时攀登，又不免受些凄凉孤苦。

我又想起那些未及远走高飞而落入尘埃的黄纸片了，进而想到了人的愿望。真猜不透那些印在黄纸片上的鹿马驮着主人什么美好的愿望，功名吗，利禄吗，子女的前途吗，机遇运气吗？上山前，我无意发挥什么愿望，可此刻，面对那苍茫悠远的未知世界，我竟无法按捺心头奔突的种种愿望了。我仿佛看到，我的愿望也变成一头幼鹿，一匹瘦马，迎着寒风摇摇摆摆飘飞而去，去追寻我向往的那个高深境界。

军马场遗魂

那夜没睡好。没睡好是由于激动。激动是由于终于可以去一趟贵南了，而且有专车，而且同行的都是谈得来的文朋学友。

但我不承认自己是由于激动而没有睡好。去一趟贵南有啥好激动的？泰山我去过。苏杭我去过。海南三亚的天涯海角我去过。黄山、峨眉山、千岛湖、桂林、漓江、张家界都去过……没有哪次的行前像这次这样寝食不安。都到了古来稀的年序，去一趟小小的贵南，没理由这么激动！这种生命现象有些古怪。

是我的理智出了问题，还是我的生命现象原本应该古怪？

大约是造化弄人，到凌晨时分，我发生了生平第一次的眩晕。睁眼天旋地转，伴有轻微的恶心。生平第一次遇此状况，我心生恐慌。好在老伴在身边，及时打电话唤来做护士职业又会开车的二女儿。在就近的红十字医院挂急诊，已是天色微明。迫不得已，打电话给这次贵南行的组织者罗志勇，说明原因表示歉意。

我确信这是造化弄人，让我与渴望已久的贵南失之交臂。看病自始至终，我都否认整夜没能安睡是由于激动。在我这个年龄，在所有离退休赋闲老人们大论"放得下"的时代热潮中，由于要去一个小小的贵南，激动得不能安眠，把自己弄出病来，岂不让人耻笑？

送进病房前，眩晕已经好了。我好人一般躺在病房里，接受点滴和进一步系统检查。心里再明白不过，不是由于要去贵南而激动，而是由于早在半个世纪前潜入我生命中的某个因子，借着造化跟我开了个玩笑，用意是让我从中悟出点儿什么。

我会从中悟出点儿什么呢？

得从很久很久以前说起。

那时我 15 岁。因父亲下放农村贫愁病逝，母亲返城后衰病缠身生活无着，迫我投奔贵德二姐家寻求出路。母亲病逝该回宁奔丧，偏遇山洪冲毁北山湾公路，交通中断，无客车可走。姐夫、姐姐好不容易从贵南军马场驻贵德办事处打听到确切信息：贵南军马场有一批退伍军人，要乘车经贵德至罗汉堂，再经共和绕道去西宁。托人求情，贵南军马场驻贵德办事处领导视情况特殊，允许我搭乘运送退伍兵的军车。

若干年后从资料中查悉：从 1957 年开始，解放军西北军区第四军马场移交中央农垦部，由青海农垦厅领导管理，更名为国营贵南牧场。估计我当时乘坐的运兵车上的退伍军人，应该是原马场的驻军士兵，而非军马场的职工。但我宁肯认为，他们都是从军马场退役的军人。因为对一个15岁毛孩来说，军马场这三个字，有着特别的光彩。

我搭乘的运兵军车上，有三十名退伍军人，一律穿着摘取了领章、帽徽的军服、军大衣。他们把行李排放在车厢内，而后分四行坐在行李上。这些退伍兵面色黝黑，皮肤粗糙，有的脸上是刀刻似的皱纹和枯乱的胡须。看样子，不是只服役五年的义务兵。我挤坐在他们中间，听他们聊天说笑取闹，看他们相互展示和炫耀要拿回家作为永久纪念品的心爱物件，感觉新鲜又疑惑多多。感觉新鲜的是，他们相互展示和炫耀的物件都与军马有关；感觉疑惑多多的是，他们无论怎么说笑取闹，一个个都显得心神不安、愁肠百结。也许是由于当时的我为母奔丧而心绪忧凄烦乱，才会把别人看成是忧心忡忡。

客观地说，如果按常规，15岁的我，应该已经是半个大人。放在贫寒人家，应该是穷人的孩子早当家了。可我身处贫寒却不知事。不知事的根源，是三辈单传的家祖，把我视为掌上明珠自矜溺爱，以至于15岁还少不更事。昏昏懵懵，连母亲的离世对自己的今后意味着什么都不明确。奔丧路上满心满肠的忧凄悲怨，出之本能而非自觉。这种情状下，同车那些军马场退伍兵给予我的一点一滴的关爱，与他们留给我的印象叠加成影，牢固地刻印在我心里，让我日后所有与军马有关联的日子，都变得鲜活生动。

那时候的路况很差。绕道罗汉堂、巴扎台、共和、倒淌河、日月山抵达西宁的运兵军车几乎走了二十四小时。记得上车是头天中午，到达西宁是第二天下午时分。一路关心我吃喝热冷的军马场退伍兵们扶助我下车厢，望着我有些不舍地离开他们。母亲去世给我造成的极端悲凄无着的情绪麻木了我，竟然没觉得应该对这些一路上把我当亲子侄对待的好心人们说几句道谢的话。这成了我终生想弥补却始终没能弥补的深远遗憾。

在大姐、大姐夫的关照下，我补办了作为唯一孝子应该补办的事宜，之后重新回到贵德二姐身边，用时光的刷子渐渐地刷淡悲伤的阴影。运兵车上，与军马场退伍兵们共同度过的二十四小时留存的所有记忆，却更加清晰起来。奇怪那些军马场退伍兵们，说笑取闹中，彼此都称呼外号：蛮头、灌角、白菜花、肚带、尾巴扣子，等等。当时闹不清什么意思，只感觉这些古怪的外号意味着什么，有着谜语般诱人猜测的作用。那一阵，我不时记起小时候看过的苏联电影《夏伯扬》。不过，骑着军马，把战刀指向前方狂奔疆场的那些骑兵，不是哥萨克而是我见过的那些贵南军马场的退伍兵。这些混杂的感觉，渐渐沉淀成一种与我的生命同步伸张或收缩的下意识。

那一时段，我的另一个迫切愿望是去一趟贵南军马场，看看关心爱护了我二十四小时的那些退伍的军人们生活奋斗过的地方，究竟是怎样一个地方。相信去了那里，一定能解开那些代替他们真名实姓的奇怪外号的来龙去脉。当时感觉贵德与贵南不过一墙之隔，顶多是两个亲戚家的距离。但关心我的知情者，用事实打破了我的这个臆想。他们说：从贵德到过马营五十余公里，虽然有简易公路，但绝少有直通班车。骑马得一整天。过马营至鲁仓的军马场六十多公里，还得骑马一天。步行得穿越莫渠沟的乱石滩。对我这个寄人篱下挎单过活的毛孩子来说，没有去的可能。不过，我还是从他们口中探知，军马场退伍兵们的那些外号，听上去都是乘马的用具。辔头是笼头、扯手的统称。白菜花是用整块白桦树根做成的马鞍，由于鞍头上的木纹酷似白菜，故名白菜花。灌角是兽医的工具，给病马灌药用的。至于尾巴扣子，大约是用马尾长毛做成的捕猎工具。

　　从此，想去贵南军马场却去不了的事实，成了我永久的不愈心病。为消除这块心病，在此后漫长的岁月里，我从能够找到的资料中得知，贵南军马场始建于 1933 年。此前，国民党军政府派人去日本考察马政。1933 年颁发《全国马政建设计划》。马步芳在鲁仓创建了军马场。场长由国民党陆军少将宋涛兼任。至 1945 年发展到鼎盛期，有军马 5000 多匹，饲料耕地 1000 余亩。1944 年起给部队提供军马。每年给军队调拨军马 500 至 700 匹。1949 至 1956 年，军马场由解放军西北军区后勤军牧部领导。

　　除此，我对但凡与军马场和军马有关联的知性和非知性的故事传说，既敏感又兴趣多多。一旦听见、看见这方面的故事传说，便会引燃我的某种不泯的激情，让我浮想连翩、文思飞扬。不论是电影里的"白鬃野马"，还是平安白马寺的民间传说；不论是《静静的顿河》里的哥萨克骑兵，还是改革中期大连漂亮女骑警跨下的大洋马；也无论是民间拉犁驾车的疲惫役马，还是张承志笔下孤独忧伤的黑骏马……都让我梦魂萦绕、情思难断。直到某年某月某日某时，我无意中翻阅某本书，看到的一句至理名言，让我苦苦寻求的终极答案豁然明朗。

这句由外国艺术家提炼出的至理名言是：世界上最美的事物有三件：海上鼓满风帆的航船、原野上奔驰的骏马、舞台上舞蹈的女人。

显然，当我在懵懂的 15 岁时，头一次接触到军马场这个信息，有一种意识同时植入了我的灵魂。由于当时母亲去世让我的心绪极度陷落，加上"少年不知愁滋味"，并不知晓灵魂中植入了这种陌生的讯息，会对我的今后意味着什么。事实是，随着我年龄的逐年增长，以及知识阅历的逐年增多，这个在不自觉的境况下，植入我心田的有关军马场和军马，以及与它有关联的所有人类的生存命题，逐渐成熟，并孵化发酵成一种特殊的艺术感觉和审美情趣，让我不时想起乘坐运兵军车为母奔丧，与军马场退伍的好人们相处的那二十四个小时。想起那几个被同伴们戏称为鬐头、灌角、白菜花、肚带、尾巴扣子的好人，给予我的那些点点滴滴的关心和照顾。这才有理由认定，这些与马事紧紧纠缠在一起的外号，一定体现着他们生命、生活中某件刻骨铭心的往事。难怪这些与军马打过交道的硬汉子们，在说笑取闹的中间，不自觉地发呆、忧凄、伤感。是因为他们已经从酷爱的牧马场和牧马事业中出局。这似乎并不仅仅是他们这些牧马军汉们的伤痛,而是整个马场和马们共同面临的结局。

当这些操着甘肃、陕西、河南、山西、内蒙古口音的军汉们,分头回归到自己的家乡后,他们的这些有响声,有色彩,更有内涵的外号,是否还会是他们引以为豪的生命徽章,是否会因为时代的激进而渐次或永久地褪色?

这些反思令我茅塞顿开,并适时把这些心中块垒挖掘开来,完成了我的一次生命飞跃。

只要看看我的"风流河湟三部曲"中的《花儿是心上的油》,读者自会明白其中的玄妙。

当然,我也不再因为与贵南失之交臂而遗憾。

第四辑
民俗风情的青海

陈生贵 摄

心仪三题

　　乡亲，你一定吃过本土的大豆，嚼得满嘴溢香；也一定馋食过枝头的青杏，酸得叫你甩头。也许还尝过外来的橄榄，为那怪味儿纳闷。可你仔细品尝咀嚼过我们的方言吗？如果没有，那就顺手摘取几个品品它的味道吧！方言，真正有嚼头的东西。

心　疼

　　大路上走来二八少女，人们纷纷把鉴赏的目光投过去，好看！这最朴素的定义不能让所有的人过瘾，于是教语文的老师说：美丽。中文系的学生说：漂亮。学绘画的说：娇艳。跳舞的说：苗条。写文章的说：俊秀。正当众人为自己的定义手舞足蹈互不服气的时候，过来一个农民说：这丫头心疼！

某家婴儿满月，抱出来让亲朋好友、街坊邻舍观看，顿时赢得了许多的赞誉和肯定：眼睛大，胖，白，头圆，机灵，乖……一街坊老太太看了说：心疼；还强调：会越长越心疼。

看见一团雪似的小兔，毛绒绒的小鸡，刚睁开眼睛的雏狗，寻不见母亲咩咩哀叫的小羊羔，把细尾巴卷起来"吱唔"着乱跑的小猪，喜欢咬文嚼字的一定会说：可爱、憨稚、活泼、逗人、天真……而乡亲们只有高明的一句：心疼。

连那些家里的小摆设，比如细瓷胖娃娃，竹编金鱼，绒线扎的小鸟，木头雕的小船，玻璃烧制的花球，等等，说它们精巧、别致、玲珑、逼真、好玩的人一定不少，但我的乡亲们依然乐意说这句：心疼。

110

一句心疼，让多少浮躁的、铅华的、雕琢的、粉饰的赞美黯然失色。仔细想想看，看见美好事物，眼睛发亮，情绪冲动，瞠目结舌，手舞足蹈，舌头弹动，都不过是流于浅表的感动。有什么比心疼了一下更深刻、更透彻、更本质的感动？美得爱得叫你的心脏噌地疼了一下，世上还有比这更生动、鲜明的体验吗？

对人、对事、对艺术，尤其对幼小生命，赤裸裸只来一句心疼，这是民间的大智慧、大慈悲、大朴素。没有哪个文绉绉的形容词有如此的震颤力、穿透力、概括力。

有爱捣蛋的小伙儿，别人与他初次见面，礼貌地问他"贵姓"，他挤眉弄眼地说：姓滕（心疼的谐音）。对方愣怔片刻便开怀大笑。我姓滕（心疼），多么巧妙风趣的玩笑！这，又是民间的大幽默。

青海花儿里有这样两句：白牡丹白得耀人哩，红牡丹红（者）破哩！这个破字，与心疼的疼字有异曲同工之妙。

扯 心

"白日里想你肝子疼，晚夕里想你（者）心疼。"这两句花儿中，要害是想。想，即思念。思念，是书面语言。几乎所有的书里、电影里、歌曲里、绘画戏曲里，或多或少、或轻或重都有思念的成分。思念像烟雾四处弥漫。虽然这个词熟悉轻松，多得随时可以信手拈来，但青海的乡亲喜欢说的却是扯牵或扯心。

如今有些人，尤其是那些自豪到了"90 年代"，把一切都不放在心上，不放在眼里的人，把思念这个词儿当作糖葫芦，当作口香糖嚼呀嚼，嚼腻了就吐掉。在他们心目中，思念只是一种技巧、手腕，玩玩而已，哄哄而已。先认识喝咖啡，再进馆子吃饭，接着上床。这欧美化的速度用得着思念吗？几天几日后嬉皮笑脸地"拜拜"，用得着思念吗？思念这个曾经庄重、深刻、意味悠长的词儿就这样被糟蹋了。

多亏民间还有扯牵，有扯心！

扯着牵着是初级阶段，扯心就到了极致。

试想，用一枚绣花针，穿上一根丝线，把这丝线的一头缝在母亲、父亲的心尖上，另一头甩出去一里、十里、百里、千里、万里，系在儿女的手腕上。只要儿女轻微一动，无论晨饥夕渴，无论春暖夏凉，无论头疼脑热，这根丝线就会抖动起来，扯得父母心尖发颤、发疼。或者丝线两头缝在恋人心上，无论一个走南一个闯北，还是一个上山一个下海，只要有喜有忧，喜和忧就通过这根无形的无限的丝线传到对方心上。这条丝线，剪不断理还乱，每时每刻扯着你的心尖，由不得你不思不想、不牵不念。因为它扯的不是你的手脚，它扯的是心，鼓胀着鲜血的心。一不小心把心扯破，就不得了。

这就是扯心！这是何等深刻的思念，何等真诚的思念，何等浪漫又质朴的思念！

难 心

书上说：人生有几多欢乐，就有几多痛苦。天灾人祸，意外无常，给人生添加诸多苦难，给人的心灵以惨重的创伤。于是，古往今来文化人口中，生发出不少形容伤感的词汇：辛酸、悲哀、痛苦、忧伤、酸楚、凄惶……这些词，词义交叉接近，含义又比较宽泛，足以保证高明的文人依情度势选用最准确的一个，也足以让那些初玩文墨者信手使用。但到了民间，这些书香十足的词藻便失去了光彩。百姓们喜欢简明直接地表达自己的情感。面对种种苦难、不幸，他们只有一个词——难心。

这又是语言返朴归真的典范。心被难住了，还有什么比这更朴素也更透彻的感受？

辛劳终生的父母去世了，这是生命的法则，如春花要败，秋叶要落，任谁也堵挡不住。儿女们难心，是因了往日并没有珍惜父母的存在，父母的好话不听，父母的好意不领。轻则不理睬父母，重则与父母顶嘴吵架。没让老人穿暖，没让老人吃好，病了没尽心服侍治疗……

花蕾般娇嫩的幼儿夭折，正当壮年的子女无常，这是六月天下雪，腊月天打雷，如那瘸腿上刮骨，心肝上扒油。父老们难心，是因了自己命苦命薄，吃苦不怨天，受累不怨地，缘何到头来落个黄叶不落青叶落，白发人送黑发人？自己卖粮不掺砂子，卖油不掺水，进了庙门烧香，见了领导点头，因何末了遭此报应？

113

眼看收获的庄稼遭受冰雹颗粒无收，骨肉般亲密的牲口被贼人偷杀，粮垛失火，住房倒塌，上学去的孩子被车撞伤，走亲戚的媳妇被流氓欺侮……无常是生活的影子，避不开碰上了，就得受，就得认呀！哭，能把如洪的悲痛排泄掉。喊，能把焚心的火焰减弱。但意志是难不住的，跌倒了，爬起来；瘸子，挂个棍子；瞎了，让人牵着……手脚是难不住的，因为还得播种，还得驮粪上山，还得拉土垫圈，还得刨野菜充饥，活动着御寒呐。唯一难住的，就是一颗心呀！囿在胸膛里，像被什么掐着、揪着、拧着，久久地不肯完结，默默地让心自己忍耐着，自我调解着，平衡着，恢复着……不难看出，所谓难心，是人类最原始、最朴素的心理活动，是深刻的内心剖白，不动声色的自我诘问、发难、谴责，也是乡民们善良、隐忍、倔强的品格体现。

酒怕曲儿肉怕蒜

说起青海方言，有一个有趣的现象：爱说反话，把此说成彼，把黑说成白，用以强化说的效果。红牡丹红（者）破哩，这里的"破"，不是撕裂，不是溃烂，不是零落，而是牡丹俊得实在没什么可以形容比较，就突破常规，用一个"破"字表达牡丹的极端美。这种文化现象只靠意会还不够，还得仔细揣摸，才能灵智通透。类似并比较典型的，就是笔者要讲的"四怕"，究竟怎样个"怕"法，听笔者细细道来。

酒"怕"曲儿

假如把唱曲与唱戏归为一类，道理上讲，唱曲人不该喝酒。在青海，除了专业曲艺演员，唱曲是一种普及率和受众相当高的民间娱乐活动。

因了基础在民间，又是自娱自乐，就没那么多的清规戒律。如同清风之于细柳，铁蹄之于骏马，酒与曲儿的关系，除了必然，还有更妙的连带。不论在节日的农家炕头，还是城乡的嫁娶席场，只要有酒在唱曲者和听众之间传递，气氛就会格外热烈。说不清是酒在助长曲儿的魅力，还是曲儿在强化酒的作用，只要这两者遇到一起，唱曲的唱得格外卖力，喝酒的喝得十分爽利。有了酒这个媒介，曲儿就脱去了雅的外衣，变得亲切和通俗起来。爱听懂行的自不必说，那少听不懂行的，也会被那浓烈的气氛感染，听得入痴入迷，喝起彩来，声调也比平日高扬。有了曲儿这个载体，汉唐的英雄好汉，宋明的才子佳人，元清的官商尼姑，与今日耕田的农夫，纺线的村姑，哄孙子的奶奶，抹牛九的老汉息息相关起来，昔日的世态炎凉，古人的酸甜苦辣，都能引发多少的感慨和联想，这些感慨和联想又借助酒的力量，渗透得更深，传播得更远。如此这般，原本不喝的也会喝下一两杯，那能喝的，更是喝得无遮无拦，直喝得醉倒在"柳叶青"的意境中，"大红袍"的热烈里，真正一大快事。说到这里，酒"怕"曲儿的"怕"，其实是喜爱，是彼此的依赖和验证。即便理解为纠缠，也纠缠得极富人情味。

肉"怕"蒜

笔者可以断言，这里的肉，特指羊肉；蒜，专指本土出产的紫皮大蒜，连带着野蒜、野沙葱。

高寒的青海，地广人稀，不论昔年的脚户、淘金的沙娃、骆驼客，还是如今的司机、油田钻井工、徒步旅行者，在迢迢旅程来去，在莽莽大野劳作，为抵抗严寒、增强体力、保持热量、强壮筋骨，日常饭食或节庆宴客，荤食首选羊肉。被烹饪文化增色添彩的炸羊排、糊羊肉、羊肉丸子、羊肉煲，需要一定的加工条件。而最原始、最简便也是最受欢迎的，还是手抓羊肉。肠胃壮的，牙口好的，食欲强的，更喜牧民的开锅肉。蒜，原本具有消瘴、止泻、解毒的功效。在野外，三石一顶锅，硬柴、枯草、干牛粪做燃料煮出的开锅肉，非大蒜佐餐不能解膻提味。配以大碗烈酒，五寸单刃剔骨刀，那气氛、那情调古朴粗犷。加上几头大蒜，糙硬的手指剥开黏细的蒜衣，那乳白怡目的蒜色，那闻着清香咬着辛辣的蒜肉，实在是羊肉的最佳搭配，是最合理的传统民间饮食的君臣搭配。如此这般，原本只吃两根肋巴的要吃一条前腿，原本只想尝几口的，会吃胀肚子，原本计划半只羊的野外聚餐，因了蒜的"捣蛋"竟吃掉了两只。如此说来，羊肉哪有不"怕"蒜的道理？

旱烟 "怕" 之扯干蛋

东北人的唠嗑，北京人的闲聊，四川人的摆龙门阵，在青海方言中谓之扯干蛋。扯，上天入地、东拉西扯、无拘无束；干蛋，无伤大雅、无关紧要、无所不包的话题。

青海的天气，几乎是半年晴暖半年阴冷，庄户人家的秋冷冬寒，全在闲散中度过。女人们针线茶饭、相夫教子，地下不忙炕上忙，院里不忙房里忙，没时间空虚，没条件无聊。相比之下，男人们就需要找点儿消闲解闷的方式，抽烟闲谈，便成为一道风景。冬阳下薄暖的旮旯角落，炉火旁温和的炕头墙脚，清雪初霁的庭前树后，全是扯干蛋的好去处。少则两三个，多则七八个，蹲坐一圈，话扯得情高气畅，烟抽得云山雾罩。庄户人，没条件耍牌子，没心情比高低，一律廉价的旱烟。旱烟，指没有精加工的烟叶子揉成的粉末，物美价廉，劲儿足，一股猛烟穿胸膛走鼻孔，不制造黏痰，不引发咳嗽。装入布缝或皮制的烟袋挂在腰里，不怕挤压；放在地角田间，不怕反潮。无论是就地取材的羊脚巴烟杆，或是乌木杆玉石嘴的钢烟锅，塞进烟袋一揉两揉，抽出烟袋子，大姆指一压两压，瓷实了的烟锅就一红一亮地冒出烟来。七锅八锅抽足了瘾，扯干蛋劲儿高了一倍。那没带烟杆的把手一伸，就有人把烟杆、烟袋拍他手上。那平素不抽烟的，被烟呛起劲儿来，也要来上一两锅，而后石头、树干、炕墙磕掉烟灰，草棍儿、树枝挖净烟屎，再装再抽。随着烟去火来的话题，无非三月里撒粪，九月里碾场；上山拔大豆，下地打土坷垃；要不就是牲口中结，手扶抛锚，磨上的瘟粮食，窖里的坏洋芋……说远了是三皇五帝，说近了是胡基砖头，说笑着，叹息着，叫骂着，烟袋子在众人手里抢着，烟雾在身前脑后弥漫着，不知不觉间，金乌西坠，玉兔东升，灯昏火残，雄鸡啼鸣。看那烟袋子一只只空瘪，就懊悔少带了旱烟，影响了谈兴；真要再谈，这旱烟又得费去多少？一时倒糊涂起来，想不通该节省旱烟还是少扯干蛋为好。旱烟"怕"干蛋也就有了道理。

天阴"怕"之捻毛线

　　勤劳的农民，一年三百六十五天总在劳作，少有消停的时刻。纵然挤出点儿零碎工夫，不是磨面晒粮食，就是出粪垫圈，想要缓一缓劳累的筋骨，酸困的腰腿，得等老天爷放假。倘若是一场急雨，躲起来喘几口粗气，展几下腰腿，雨停了还得接着下苦。最盼望也最害怕的，是那连天的阴雨，迷眼的风雪。说盼，是有了睡懒觉偎窝子的理由，可以放展了缓几天；说怕，这没完没了、淅淅沥沥的烦雨，下湿了院墙，下漏了屋顶，把人憋在家里，囚在炕上，出门是满巷道泥泞，人家是一院子阴湿，去没去处，耍没耍头。对付的办法，就是捻毛线。把一团羊毛夹在腋下，扯着撕着往线杆上续着。手里有了这没头没尾、可长可短的活儿，心里就安然了，充实了。你有下不完的雨，我有捻不尽的线；你有连阴的本领，我有耐活的办法，做不了大活做小活，做不了整活做碎活，做不了细活做粗活。这粗捻的毛线，多则可以织一个坎肩，少则织一双袜子，实在粗细不匀，可以织一个料兜，织半片口袋。反正这捻线的活儿，能把天爷气得放起晴来。这，是不是捻毛线让天爷害怕了？

这种剪不断理还乱的"怕"字，还有搅团"怕"之没牙关，车轱辘"怕"之烂羊圈，老汉"怕"之大尻蛋，不再一一尽述。

说床道炕

近几年，西宁市内大多危旧民房拆除改造，变成一幢幢楼房耸立在居民小区里。几乎每天每时都能听到乔迁的鞭炮噼噼啪啪在某个地方炸响，也会这儿那儿看到乔迁的人家从车上卸下一堆家具笑眯眯地搬进楼门。乔迁，是生活的一次吐故纳新，再富有的人家，总有一些过时的破烂东西必须扔掉；再贫寒的人家，也要添制几件新的物品给新房增色。其中，床是首要考虑的因素。如同笔挺的西服不能与布鞋搭配，雪白的房间摆上漂亮的床才觉得和谐。这让我想到，至少在城市里，炕（当然是早年的板炕和打泥炕）这种东西已趋向消亡。

单位里自建的住宅楼竣工，集资获得产权的房主们各自为阵，为乔迁进行充分的先期准备。腰包硬的装修，把居家装修成宾馆客房或饭店包间也在所不惜；腰包瘪的精打细算，少花钱多办事，尽量添制些时新别致的家具电器。其中，床是不能马虎的。款式、色调及如何摆放，都需要主人再三斟酌。好在如今随处有卖家具和订做家具的。从一般的木板床到高档的席梦思，可供选择的余地很大。多转几个家具店，总能买到满意的。这又让我想到，在城市里，不但炕要消亡，而且有关炕的概念相应也会消亡。

尽管如此，我仍有理由肯定，炕不会在生活中消亡。城市不过是生活大海里零零星星的岛屿，而环绕或者包围着这些岛屿的浩瀚大海，由千千万万的村庄组成。只要村庄存在，换句话说，只要农民存在，甚至可以说只要清贫存在，炕就不会消亡。

十几年内我先后三次搬家，无论新旧都是楼房，出于便利和审美，使用的都是床，先是大众化的木板床，后来是低档的席梦思。可我忘不了炕。不是不能忘，而是不敢忘。炕在我心里生了根。一旦去农村，主人让座，在沙发和炕之间，我乐意选择炕。仰在沙发上除了觉得舒适，还会让人滋生一些慵懒的感觉。坐在农家炕上，却有相当丰富的体会五彩气球一样在你心里飞升。

不信？那就试试。

你走进某个农家小院，小院的主人也许是你的亲戚朋友，也许什么都不是，因为你旅途疲劳和饥渴，主人照样像对待亲戚朋友一样对待你。倘若是近郊农村，主人把你让进房里，会征求你的意见，坐沙发还是上炕？倘若是浅山或脑山农家，家境贫寒，主人就只能让你上炕了。炕上铺着便于扫尘的秋毛白毡，主人甚至不让你脱鞋。你如果不善于盘腿，主人就让你把腿伸展，身子趄在被垛上半躺半坐。不等你坐稳，眼前已摆好了炕桌。倘若是黑漆描金炕桌，你会欣赏到民间画匠古拙的绘画技艺。倘若是朱红炕桌，你的心情就会像火一样热烈起来。不等你理清自己的感想，主人已把牛血似的酽茶、足球大的馍馍端上炕桌，闹不好还是奶茶和狗浇尿油饼呢。这时刻，你不禁想到的恐怕就是城内单元楼上那些装着猫眼，一年四季紧闭的门扇和那些天天在眼前晃动，却不知姓甚名谁的冷冰冰的面孔。

也许你到农家小院正值盛夏，挨炕的宽大木格窗高高挂起，坐在炕上，你的心可以随着目光在院里自由自在地游移。你的情感会变成小鸟在院中央的丁香、刺梅、樱桃树的枝杈间跳来跳去；会变成瓦蓝的鸽子在墙头或房檐上散步，梳理羽毛；会变作雪白的兔儿在菜畦里捉迷藏、作揖洗脸；会变作雄鸡在斑驳树影下昂首独立；甚至变作蚂蚁在太阳烤热的台沿上旅行……于是，你又不禁想到自家牢笼似的防盗门窗以及那些虽然新潮昂贵，却让你觉得拥挤、压抑的僵硬的家具和没有生命的电器。

可能你是深冬飘雪的日子被农家主人迎进小院并让上炕落座，还要展开被褥盖在你腿上。顿时，热炕的温暖汇入你的经络，赶尽你从冰山雪野带来的全部寒意。这种日子，主人端上炕桌的，除了酽茶、馍馍，注定还有煮得开了花的洋芋，注定还有烧酒。你跟主人边吃边聊，边喝边说，说天气，说草木生长，说庄稼收成，说骒马寻驹和母鸡下蛋……

话是热的，酒是热的，茶是热的，炕是热的，就连炕缝中弥漫出的马粪的陈年烟味也是热烘烘的。这些热加在一起，任外面狂风席卷、冰雪纷飞，你心里却像婴孩在母亲怀抱，无比温暖、无比惬意、无比安然。这样，你油然想到的，恐怕就是城内楼房里那些床了。那些床几乎都是高档的，几百元甚至上千元，独占一间房，被地毯和厚重的窗幔护着，被层层叠叠、流光溢彩、花团锦簇的织物盖着。除了晚上供主人睡眠，它永远是不可亲近或冒犯的冰冷和生硬。

这就是炕，早年城里人拥有的板炕，如今农村里依然不可缺少的打泥炕。曾经或者如今，它是一个家庭的中心地带，肩负着从琐碎到神圣的多种功能。你看，一个婴儿在炕上诞生了，在炕上接受洗礼和母亲的爱抚与哺乳，而后学会蹬腿、翻身、爬动，扶着炕柜和窗台走路……炕，是他生命的摇篮。他的母亲和奶奶、姐姐们，伴随着他的成长，围坐在炕上铰花样、扎枕头、纳鞋底、补补丁……炕，是妇女们展示心眼和手艺的作坊。他进入学龄，父母兄嫂们坐在炕上为他商讨上学的事宜，设计和憧憬他的将来，炕，此刻成了家庭事务处。成长为青年要结婚娶媳，热心的介绍人频繁来往，坐在炕上介绍对方情况，传达双方意愿，炕又成了婚姻介绍所。包括定婚、送财礼等一应婚嫁仪式，都在有威望的老者和亲友的参与下在炕上商讨、议定和确认，故而它又是民间的一个公证处。年头节下婚丧嫁娶，家里主要的客人亲戚都要让到炕上就座，热情款待，因而炕成了家里的贵宾室。如果有民间艺人前来助兴，安排在炕上唱几曲平弦眉户，叮叮咚咚的乐曲在炕上奏响，炕不就成了舞台吗！婚后，小两口闹别扭，俩亲家有误会，请来公平正直的老者坐在炕上劝导、调解、说和，炕又成了家里的民事调解处。晨出夕归、披星戴月、顶风冒雨的劳作，使多数庄稼人得下了风寒湿痹类的疾病，犯病了，没钱买药看病，就把炕煨烫，热炕上休息几日，病情就会缓解，故而炕是贫寒病人理想的疗养所。冬季，炕是农家不见火光、老少皆宜、安全稳固的取暖炉，是一面平放的火墙。天寒地冻，孩子们不敢出门，在炕上看书、唱歌、猜谜语、玩过家家，炕是孩子们理想的游乐园。妇女们起酵头、窝豆芽、酿甜醅，炕是她们理想的温床。家里老人辛劳一生寿终正寝，在炕上安然逝去，炕是他生命飞升的灵台和进入冥界的渡船。儿女们为老人举办丧事，请来僧人、道人分别在炕上念经，炕又成了超度的道场……

　　这就是炕，早年城里人拥有，如今乡下人依旧不可缺少的炕。曾经或者如今，炕是古老生活的载体，是家庭传统文化的集散地，物化了的浓醇的民俗民风。它身上发生和进行的一切的一切，有着立体的文化意味和浓缩的生活情调，是任何高档的，除了睡觉、做爱别无用处的床所不可取代的。昨天不可取代，今日不可取代，将来依旧不可取代。

　　假如有人因而问我：你是否要在房里泥上大炕搬走席梦思？我将很

认真地回答：否！出于楼房的便利与审美，我仍然用床。但这个审美不能取代另一个审美。打个比方，你我都有父母，他们把我们养育成人，却由于衰老必将在生活中消亡或者已经消亡，我们会因为他们的消亡而叫别人取代他们吗？

墙上春秋

大凡住家,都希望屋里宽敞亮堂。墙熏黑了,刷刷白,自不必说。然而,你家刷墙别有一番故事。每次刷墙,爷爷总要说起以前刷墙的事儿。你们兄妹几个,都把爷爷说的往事当成有趣的故事来听。

爷爷那阵儿,家住城郊,祖传三间房。由于常年失修,坏了两间。爷爷、奶奶和爸爸三人一间屋,做饭、睡觉全在里头。地方小,灶头炕尾摆不下的东西,往墙上钉几个木橛一挂了事。每每墙被柴草烟熏黑了,爷爷就从村头石灰窑拣来几块石灰,用水发开,滤去粗渣,加把盐调好浆后,认认真真地把墙刷一遍。墙雪白了,可那钉在墙上参差不齐的木橛和挂在上面的笼屉、漏勺、草帽、麻绳之类的东西太煞风景,爷爷奈何不了,摇摇头作罢。

到了爸爸头上,家搬进城里了。房子多了一间,人也添了两口。每逢年头节下,爷爷叫爸爸买来石灰,里里外外粉刷白了,买些菊竹梅兰、晓鸡跃鱼之类的年画，贴在墙上。粉墙彩画，映得爷爷笑意盈盈。一旦墙壁发黄，爷爷就催促爸爸粉刷，一年多则两次，少则一次，不容煤污烟垢灰暗了生活。

后来，全家人卷进了那股混浊的逆流，谁都顾不了刷墙的事。看着家里的墙壁变色了，陈旧了，爷爷抬头看看，低头想想，不吭不哈。爸爸见爷爷这个样子，也不敢提起刷墙的事，生怕触及爷爷的什么隐痛。

70 年代第七个春天，爷爷又提起刷墙的事："该刷刷了，不能让家里老黑下去。"爸爸急忙买来大白粉。全家六口总动员，把床上堆的、地上摆的、墙上挂的统统搬到院子里，整整一天，连续三遍，总算把多年积存在墙壁和顶棚的黑污刷去了，使得屋里焕然一新，四壁生辉。当时你已 15 岁，是爸爸刷墙的得力助手，搬凳子，搭脚手架，提灰浆桶，递刷子……10 岁的弟弟和 6 岁的妹妹把刷墙当成新鲜事，进进出出在你脚前腿后看热闹。

以后几年，你成了家里刷墙的主力。你缺少爷爷、爸爸的那种耐心。刷时，拿着刷子横七竖八乱抹一遍。墙没刷完，衣服却被灰浆溅得花里胡哨。等墙干了，才看清没有刷匀，厚的地方疙里疙瘩，薄的地方透出烟熏黄。看看不行还得重刷。最叫人头疼的，是墙上那些被钉子钉出来的小窟窿。弟弟、妹妹的书包很重，早上取晚上挂，墙上的钉子很难牢固地保持下去。这儿松动了，往那儿钉；那儿松动了，再挪地方。刷墙前，爷爷要你和些泥把这些小窟窿仔细填平。墙刷完了，照钉不误，除了书包，连那算盘、菜篮子一并挂了上去……

今年初，你们单位新建了住宅楼，分给你家一套。钥匙刚领到手，全家老少迫不及待跑到新房参观。新房在二楼，两大间一小间，厨房、卫生间、阴阳台。大家看得眉开眼笑。爷爷捋着花白胡子，眯着眼睛端详够了，突然说："把墙再刷刷。"

大家惊诧地望着爷爷，新房的墙雪白光亮，怎么……

爷爷见大家不明白，笑着说："我是说，买些油漆，房里刷上果绿色墙裙，不是更好看吗？"

大家同声赞成。刷上漆，一劳永逸，脏了洗一洗，用不着年年与石灰打交道了。你瞅着弟弟、妹妹："刷了漆，不许你们往墙上钉钉子！"你转而对着爸爸，"往后不要往墙上挂东西了。"

129

爸爸没表态，妈妈却说："全家福照片得挂在墙上，另外，爷爷的龙泉剑总不能放在地上。"妈妈说的龙泉剑，是爷爷退休后托人从浙江龙泉买来的，每天早晚拿着它到附近的公园里锻炼身体。

"我的羽毛球拍子也要挂在墙上。"妹妹用肩膀撞着妈妈说。

"我的小提琴也得挂起来。"弟弟一副不让步的神态。

大家望着爷爷。爷爷想了想，说："找块木板条刨光，刷上漆把板条固定在墙上，挂东西的钉子钉在板条上……"

弟弟抢过话茬："钉子多难看，应该买几个镀铬的衣钩。"

爷爷笑了："好！好！分头准备，等刷好墙裙，待漆干了就搬家。"

……

你们搬进新房已经半年了。时常发现，每当爷爷坐在沙发上喝茶，眼睛总是盯着对面墙上那几个没挂东西的镀铬衣钩出神，他在想什么呢？

井的故事

年前，外甥就有了打井的念头。庄子里来了几个河州人，打井挣钱。手头宽裕沉不住气的，把河州人叫进院里，三下五除二，就有了一口水井。这可是让全庄子的人动心的事啊！早年，村外一口很旺的泉水，保障着全庄百多户人畜饮水，只是刮风下雨担水路上十分不便。春耕秋收大人忙得脚不沾地，靠小孩们抬提，缸里时常缺水。心眼活的，就从邻近的工厂接出一根自来水管，接着东家西邻效仿，竟然家家吃起了自来水。除了偶尔停水，庄户们就不想村外那口咕嘟嘟向上冒着水花的泉了。原本这种拧一下龙头水就哗哗淌进锅里的便利日子只会越过越舒坦，却不料工业渐渐不景气，发不出工资来，一向慷慨的工人老大哥收起笑脸，不再给农民兄弟白白地供水了。想喝水，交钱来！眼看从龙头流出的自来水细得像月娃娃的尿尿，又像肾虚老汉解手，有一股没一股的，庄户们心里就躁起来了。偏巧这时候来了会打井的人。

第一口井打出来，诱得庄户们拥在井边，抻长脖子往黑洞洞的井里张望，井底如有一面亮晃晃的镜儿！好在如今打井用不着安装辘轳，哼咪哼咪摇辘轳打水。吊一个水泵下井，再接些软管上来，电门一开，水就从几丈深的地方欢欢地往外冒。庄户们掐指细算，泵钱、管子钱、打井的工钱加起来，三百元上下。打口井在自家院里，吃水不再看外人的脸色，值！外甥有了打井的念头，却被母亲劝阻。几年来为了备料盖房，肉不敢多吃，衣不敢更新。打井花掉三百多，买砂石、水泥又会缺钱。自来水虽然不旺不畅，好在还能对付着，不如等房子盖起来再说。

今春种完了庄稼，动手要盖新房，这才想到细弱的自来水只能对付肚子的需求。大量的砂石、水泥靠这时有时无的细水拌和，把人急出病来还会延误工期。迫于情势，咬牙先打一口水井。外甥叫来本家几个虎背熊腰的青年，两瓶"互头"喝尽，便有了豪情壮志：河州人会干的，我们也会干，不就像打一口深点儿的窖嘛，打到深处缺氧，用鼓风机往里灌点儿风就成了。于是动手，三下五除二，还真在三丈深的地方见了旺水。泵吊下去，管接上来，电门一开，一股急水从管口喷出来，外甥笑得险些岔了气。

有了丰富的井水，这边出水，那边和浆，房子起得格外快。一日，城里的舅爷来乡下作客，见外甥院里不但起了新房，还打了一口水井，感慨之余，声明把家里闲置不用的石头井台送给外甥，也好物尽其用。

这井台，三尺见方，五寸薄厚，中心一尺五寸的井口，菜绿石打凿成形,石色淡绿。早年安置在舅爷院里的水井上面。那时舅爷正当英年,家里早晚饮用水,皆由他从井里打出再提进厨房倒入水缸供一家人使用。打水的橡皮拉拉系在长绳末端,舅爷把盘绕的井绳和拉拉提到井台,把拉拉扔入井口,由井绳从掌心索索地滑淌入井,而后前弓后箭站稳,身板一曲一直,双手上下倒动,将一拉拉清凉水提出井口,水滴洒落,石色变深,显得洁净而清凉。天长日久,绳索在井口磨出几道凹痕。后来,舅爷的舅舅遭受批判冲击,舅爷受株连,被遣去都兰农村劳动改造。人去院空,只不知此井何时枯竭。及至舅爷一家平反回来,院是当年的院,房是当年的房,唯独水井已被垃圾填死,石头井台失去了存在的意义,放在院里碍手碍脚,舅爷也不忍它被外人拉去糟蹋。

　　如今,这井台已稳稳当当安放在外甥家的井口。全庄子打出新井十几口,唯独外甥家这口井因安放了老旧井台而别具一格。新井安上旧井台,咂摸起来,似有点儿隽永又酸涩的意味。但外甥注重实际,就地汲水的便利让他没心思多想,意味不意味也就无所谓了。

采　珠

　　经人指点的路,扭扭曲曲绕山头几圈,出现惊人的陡坡,司机不上了,说别玩命。四顾,恢宏的山峦鸟瞰图。山峦复山峦,灰沉沉旷远的起起伏伏。其间沟壑纵横,切割千坡万坡的山地,奇瑰的阴阳层次。脚下一块地犁沟密织,扶犁汉子喝骂乏骡,尾随女人点种洋芋,绯红巾鲜活。

　　要去的村庄在北边那架山下,分明有羊肠道弯弯岔岔坠入沟底,只不见村庄躲哪个旮旯。太阳正柔,抚得那架山死睡。

　　不得已,丢下司机和面包车,寻路下山。早年我来那次,是从北边那架山下来,坡陡下得腿肚子转筋。今日驱车沿公路深入,闹不清走岔了哪个路口,惴惴地倒脚,心里游着老艺人。

　　他是木匠。紫褐脸,山羊胡,小身板大嗓门。拉大锯推刨子,嘴里总是哼哼叽叽。依他自说,能唱的曲儿"一肚子两肋巴,家里还有两风匣"。一来二往处得投机,馋他心里那些珍珠,上山下洼去过他家。

他家背靠黄土崖，门照歪脖榆。矮墙低门，斜檐歪柱。堂屋迎门两口无漆白柜，柜上一排杂标空酒瓶。灶里烧草，炕里煨粪，一房子陈年烟熏味。炕上一条毛毡，三边露着炕皮，炕角两疙瘩，被面灰白补丁鲜明。炕头泥砌土台，一只塌底竹壳暖水瓶，一盏墨水瓶改制的煤油灯。

当晚吃了洋芋面片，老艺人让大儿寻酒，二儿唤人，顿饭工夫，脚沉沉进来一人，浓眉大眼，肩宽腰粗，腋下夹把三弦。问之，老艺人的唱曲搭档，大名生科。

老艺人上炕盘腿坐稳，持定三弦，十指灵动，其声叮咚如磬；生科把住二胡，弓弦相磨，其势潺潺似流。我倚窗坐在炕角，炕皮火烫，迫我猴儿似频频挪动屁股。炕烟缭绕，酒气弥漫，如豆灯火把幢幢众影投射墙上，绝妙的山村夜曲图。老艺人唱一曲又一曲，唱《黄河阵》，眼里雄风激荡；唱《花亭会》，舌上柳动花摇。过板时，生科扔开琴弓，执杯凑近老艺人嘴前，老艺人伸脖欠腰，吸溜溜吞进肚里。也怪，那劣质酒润喉，其效竟如瑶池琼浆，声音猛地清亮几分，高亢几度。我听得迷，看得痴，推想他那长期消化杂面洋芋、劣质酒的肚里，因何流出如许绵长灵秀的底气来。

第四辑

135

"不唱，苦日子难熬。"老艺人挂在嘴上的这句话，许是答案？

夜半时分，老人唱得兴浓，一曲通常家内忌讳的《闹五虫》，似一串奇光异彩的珍珠，脆生生从他的脏腑深处倾涌而出……

那次《闹五虫》听得我铭心刻骨，逢人赞叹它的艺术价值，结果撩拨了省群艺馆的民间曲艺搜集行家，不谋而合，驱车前来觅珠。

一行四人下山嘴、绕涝池、过土桥走走问问，终于找到老艺人家。惊愣刹那，老艺人开怀畅笑，说城里曲艺行家下顾乡野老骨头，他高兴、荣耀得要死。

老艺人已七十有六，声依然粗，气依然壮，身板依然硬朗。真正地高兴了，捋不完翘着的山羊胡须。展望，墙是原来的墙，门是旧日的门。西面多了三间房，南面添了牲口圈。两骡一驴正在槽头嚼草，尾巴摇得慵懒散漫。入屋，大红面柜，印花床单，被儿摞得齐，枕头摆得端。外间收录机放在柜上，里间电视机对着炕头。扫视墙上，红黄蓝绿杂色的古代英雄豪杰，其间端端正正一幅毛主席戎装挂像，古今相衬别有意趣。

136

坐定，便有腼腆的小媳妇端来排球大馒头、牛血般酽茶，俄顷又端上腊肉韭菜炒鸡蛋。有目共睹，生活变化无须多问。问及庄稼收成，言说家里用的、烧的、铺的、盖的、穿的、喝的全用粮食兑换，雪白的面粉人吃，猪也吃，好得有点儿怪的时代。

迫于时间暂短，惦着山头守车的司机，我们单刀直入只求老人献唱《闹五虫》。老艺人面露难色，声称多年没有操持，生了；再三恳请，又说手头没有家当，空口难唱，于是打发儿子去唤搭档生科。等人空当，心里便凸显出《闹五虫》来。

是一支越弦曲儿，唱的是货郎走村串乡，出售针头线脑、花样丝线、胭脂香粉、手帕发卡一应妇女用品。一村姑被货郎担上琳琅物件缤纷色彩撩拨感染，春情萌发，爱意沸腾，整夜躁动不眠。其母问之，女儿谎言搪塞，母女一问一答，把那一更天蚊虫声，二更天飞蛾声，三更天蛙鸣声，四更天鸡啼声，五更天喜鹊声，学得绘声绘色、如泣如诉。那曲调也别于一般越弦格式，旋律随话意起伏，跟心情跌宕，把山村少女春心萌动时的惊喜惶恐，对美好生活的向往憧憬，表达得淋漓尽致。

深山村野，埋藏如此新颖活泼、细腻优美的口头文学珍珠，不采不掘，谁不遗憾？

总算等来了生科。老成了的生科腋下夹着三弦，竟也变得畏畏缩缩，声明多年不拉，手生口生了，不敢对着录音机胡整。再三鼓动，两人才推推辞辞上炕，操起了家当。可那姿势总也摆不稳，琴弦老是定不准，好不容易开了腔，声带似被扯薄了，涩滞着没有瀑倾泉涌之势。听那词儿，或颠三倒四，或丢东落西，方信老艺人果真生疏了。美滋滋一颗民间艺术珍珠，已是锈迹斑驳、残缺不圆了。

137

我们初衷难了，鼓动生科再唱一遍，生科想唱不唱谦辞一阵，终于没唱。

急急告辞。老艺人全家送出房，送出院，送过场巷。我怅惘疑惑参半，倏忽记起老艺人自叙的一件往事：60年代初期，为了唱曲儿长进，他四方巡唱数日不入家门，十几亩成熟豌豆，全部裂荚丢撒地里。如今呢？老了？有了录音机、电视机？有了足够人吃猪也吃的白面？唱曲的，热衷于挂在嘴上的，不是"拳不离手，曲不离口"吗？

赶到山顶，山峦苍茫，暮色四合。回头寻那山村，已被众山抱得严严实实。

远近水磨村

水磨村早先真有三盘水磨，次序坐落在南川河一侧的官渠上。官渠两边长着茂密的黑刺林，其间挺拔着一人满抱的杨树、柳树。后来，时代把水磨淘汰了，相随着消失的还有那些黑刺丛和那条官渠。

在南北走向，宽不及十里，纵深五十几里的大南川里，水磨村安适又不无懒散地卧在南川河东岸。面对不急不湍的悠悠流水，北倚起伏的凤凰山余脉，距省城十华里，宁贵公路穿村而过。早年，那从西宁南去贵南同德的青盐布匹驮子，骑马的商行买卖人；那从牧区驮着羊毛、牛皮、酥油来西宁，或经西宁去兰州的脚户，偏远山村进城纳粮的大车，早早晚晚从蹄痕斑驳的砂土路上经过，牲口脖子上晃动的铃铛声和木轮车涩重的滚动声是村里亘古的音乐。村里庄稼人秋后去城里斗行卖粮，年头节下进城采办年货，赶上牲口骑上毛驴只消顿饭工夫就到西宁小南门。往南，距湟中重镇鲁沙尔也不过三个时辰的脚程。无论六月六去看

"跳欠"，正月十五去赶观景，晌午离村，傍黑就到八宝如意塔下。看完酥油灯仄身回返，一溜儿下坡路，脚力足的，鸡叫头遍已躺在自家热炕上。

穿村的土路变成砂石路那些年，水磨村上下先后崛起了几家中小型工厂。朴朴素素依赖土地生存了上百年的村民们，看着中间马路上行人越来越多，口音越来越杂，人前头指手划脚、叽叽喳喳的女人们越来越张狂，心里就多了些模模糊糊的困惑，丝丝缕缕的期待。

毕竟水磨村的村民们是地地道道的庄稼人，祖祖辈辈土里刨食的生涯，养成了他们对土地的深情和对劳作的热爱。他们正视土里刨食的艰难，也珍惜那份自在。他们尊重节令，适时把小麦、大豆、油菜籽播进地里，用长柄桦木榔头把粗砺的土坷垃敲碎，牲口拉着柳条耙耱把地整平，待苗出齐，适时浇水，而后妇女们除头遍草、二遍草、三遍草。劳作充实了他们的生活，他们的乐趣就是毫不吝惜地挥洒汗水和气力，然后四仰八叉睡死过去。早年，水地宽绰，水磨村村民们是不乐意耕种山上的那些旱地的。那些倚着谷坡沟涧的地势不规则地藏在山里的地块，是不能着实指望的，天旱缺雨，收不回播下的种子。自然，有那劳力多而壮，珍惜光阴又善于积累财富的人家，是舍不得山上的地块撂荒的。他们在黑牛毛褡裢里装上青稞面干粮和煮熟的洋芋，双耳砂瓶里灌上茶水，盘绕着爬上陡得几乎能碰磨鼻尖的山路，在那些往上要躬着腰，往下要挺着肚子的坡地里，把头年犁铧翻耕起的大块土坷垃拣到一处，垒成空心的大堆，里面煨上麦草、羊粪等燃料。等把那生的土坷垃烧成熟

第四辑

139

灰，而后把那面粉一样松散的桔皮颜色的熟灰一背篼、两背篼均匀地背在地里，扬开，撒上豌豆或者胡麻，或者切成芽块的洋芋种子，盼望老天爷适时下几场透雨，让那起起伏伏的地块里渐渐地变出翠绿、金黄、紫酱的色彩来，接着再变成刀形的豆荚，流苏似的菜籽和碎灯笼似的胡麻果……倘若年景顺心，辛劳了的人家必有所得。即使天时不顺，欠收或者干脆不收，他们也无怨无悔，满足于作为庄稼人毕竟没有偷懒，没有哄骗土地，相信自己的肚皮终究不会被土地哄骗。

　　后来，公社旗帜下统一了行动的村民们，不得不因为耕地逐年减少，人丁不断增加的事实向这些山地要粮，付出了比耕种水地双倍的辛劳和汗水。水磨村村民的日子更加沉重了，但眼睛里瞅见的新生活却日渐纷繁，丰富了他们的自豪。

　　水磨村村民们的自豪是双重的。基于踞守的优越地理位置，对于大南川偏远脑山的农人，水磨村村民们是以城里人自居的。他们为自己一抬腿就到城里感到得意，为自己知道城里众多街道的名称和位置，以及街上多种汽车的名号而荣耀。他们讥笑山民们偶尔进城后那种畏畏缩缩的样子，讥笑他们一进城就辨不清东南西北。他们甚至连脑山乡民们说话的口音都要横加批评，认为那种生硬的口音像一根棍子一样没有起伏变化。他们尤其瞧不起脑山人的生存环境，瞧不起他们上衣总是很短很窄，裤子老是很肥的穿着方式……

　　对于城里人，水磨村村民们又以敦厚的庄稼人自居。他们自豪于自己懂得节令和全套的农作常识，自豪于自己一顿饭能吃掉一升洋芋、一大碗白水猪肉。他们看不惯城里人细白的肤色和害怕风吹日晒的少爷、小姐派头，讥笑他们时常把韭菜当作麦子，然后又把麦子当作韭菜，讥笑他们有点儿头疼脑热就哼哼叽叽找医生吃药。他们尤其瞧不起城里男人像服侍老娘一样服侍婆娘，不敢像他们那样痛痛快快把不听话的老婆捶打一顿，然后把淌着眼泪的婆娘拖上炕剥光衣裳。总之，他们有十足的理由认为城里人是烧出来的细瓷摆设，怕碰怕磕，中看不中用，而他们是天生地长的石头，花岗岩，粗是粗，没样儿是没样儿，却叫人不敢轻视他们的粗砺和憨实，谁要想踢他们一脚，当心自己的腿脚骨折！

水磨村村民们就是揣着这样的双重自信走进了 80 年代。

阳光在水磨村村民们头顶亮堂着，同样也在城里人和脑山乡民们头顶上亮堂着。认识到这一点，水磨村村民们的自信开始动摇了。在穿村而过的水泥马路再度拓宽的头几年，水磨村的村民由粮农调划为菜农。甩开劳务几辈子的惯熟农活，在繁杂的蔬菜栽培技术面前，水磨村村民们看到了自己的不足。这个不足是几辈人缺少文化积累起来的，需要他们花费加倍的心力去适应化学肥料、塑料大棚和多种菜类的生长程序。与此同时，他们还得拿着粮本去粮店排队买面粉。看粮店工人的脸色，吃那些发黏的过时面粉。他们开始追忆收割小麦，把一麻袋又一麻袋的粮食磨成雪白面粉压满自家面柜的那份惬意，追忆扯不断的拉面条的精胶和蒸开花儿的大馒头的酥软香甜。

毕竟城市居民对蔬菜的需求催促着水磨村村民们早早晚晚出没在菜地温室大棚里。毕竟勤劳的水磨村村民们不惜花费气力和汗水。渐渐地，当没牙的老奶奶不再痛惜吃酸奶花去三角钱，十七八的大姑娘买面脂香皂不再嫌价钱太贵的时候，水磨村村民们承认种菜比种粮更能来钱。

手头活泛了的水磨村村民们开始谦虚起来，他们觉得不能再小看讥笑脑山的乡民了，因为他们不愿丢失的那些生活内容依然被远乡的山民们拥有着。只有远乡的人们才能把青嫩的蚕豆、豌豆角送来让他们尝鲜，把雪白的大馒头送来让他们重温庄稼人的荣耀和盈实。

他们也不再讥笑和轻视城里人。城里人生活的点子和花样总是让他们眼花缭乱又望尘莫及。他们挣来的钱还不能保证他们像城里人那样不停地变换衣着和买零食吃。虽然水磨村的姑娘小伙儿们紧跟时尚追随城里人的发型和穿着，但走在街上，总会被城里人和乡里人认出是郊区的菜农，这让他们不得不承认骨头里不但缺一点儿城里人的文化成分，就连地道的乡民气韵也不复存在了。

当然，水磨村没有因此而萎缩。在马路上的公共汽车和"招手停"的进口面包车竞争乘客的日日夜夜里，一层两层预制块压顶的砖房出现在水磨村里。同时出现的还有村巷里没人清理的断砖残瓦、铁丝头、踩扁的易拉罐、摔破的啤酒瓶和各色塑料食品袋。

所有到过水磨村的人都为体面的房屋和房前屋后肮脏的环境之间的不和谐而困惑。特别困惑的还是村里的老年人们。自从他们的孙子们穿上裤角扫地的喇叭裤，整天双手插进裤袋在村中游荡，说的全是霹雳舞、童安格、小虎队，而不是油菜、黄瓜、土豆和节气的时候起；自从他们的孙女们把嘴唇抹得血红，把眼窝抹得青紫，整天三三两两勾腰搭肩、嘻嘻哈哈，说的全是时装粉饼、指甲油，而不是农药化肥的那一阵起，老人们就相信这世道真的变了，就劝自己多说的少说，该管的别管。烦了，闷了，找一处向阳的墙角蹲下来，把心里窝着的气长叹出来：这还是水磨村吗？

春醉一条街

　　生活如筛，筛去了上天言好事，下界降吉祥；筛去了有钱没钱，光光头儿过年。留下妖娆多情、豪迈大方，把彩色诗串挂在街头，把燃烧的祝福贴在门上，让激情噼里啪啦震碎冬的寂寞，喊天叫地灌下去一斤泸州二曲、两瓶山楂香槟、三碗散装啤酒，于是，春醉了，手舞足蹈演出一街故事来。

　　细想，年与黏同声同韵，过年岂不是过黏，过分黏？一年四季各顾春秋，紧张繁忙，得来这三五闲散日，全身放松偎在春的怀里，亲戚黏亲戚，朋友黏朋友，黏在一起吃一顿团圆饭，喝几盅福寿酒，说一席吉祥话。孙子给爷爷磕头，女婿给丈人作揖。家里黏够了，新新鲜鲜涌出家门，你去黏舅舅，他去黏姑父。剩下不明世态的尕娃，衣兜里装上大板瓜子、金丝猴奶糖、酒心巧克力，塞上电光炮、窜天猴、二踢脚，彩明珠似从齐家、马家、祝家、卢家蹦出来，一时间，街道赛过夏天的河，七彩的洪水呼呼地往上涨。

女人情多话稠，最易黏到一起。大年初一相遇街头，不论往日姑嫂不和、妯娌相嫌，统统甩在脑后，手牵手肩摩肩，你说她用的香水味道好，她说你做的衣裳样儿新；大兰说腊月里昏头胀脑忙了半个月，炸馓子手上烫了几个泡；小花说除夕开始东家来西家去没消停，忙得觉也睡不够。说得投机，免不了撇樱唇一声亏枉，蹙柳眉两句怨怅……蓦地，街那边一阵噼叭响，一个两响炮横飞脚下，咝咝地旋着冒青烟，她们这才闪腰缩脖捂耳朵，惊叫着四散躲开。

小伙儿们黏一起，你亮牡丹，他亮喜梅，烟卷来去飞。嘴上叼一支，耳后夹一支，从满是口袋的身上摸出气体打火机，咔嗒一声火苗五寸高。鼻孔喷云泄雾，脚尖踩着阿里巴巴芝麻开门的乐点，大强说三十晚上喝了七八两，小刚说初三灌醉了五个人。说得兴起，烫发头要往家里拉，八字胡要往饭馆里邀，拉拉扯扯堵住人行道，歪歪斜斜走下半马路。

黏住娃娃的，自然是那压岁钱。东家一声伯伯，西家两声姨姨，憨敦敦喊出七八声，崭崭新得来十几张。平日里功课重作业多，没有闲心造次。家景冷落的，要五分买冰棍得看爹娘的脸色。这过年忌讳责骂孩子。娃娃们见大人喜眉笑脸、宽容大度，便顺坡下驴，套鞍上马，拿着压岁钱花个痛快。有那压岁钱多，买的玩具多的娃娃，左顾右盼，发现别的小朋友不如自己，一时高兴，喜冲冲唱两声"鞋儿破，帽儿破，哪里不平哪儿有我"。

平日串门走亲戚，多为事务所迫。主人一句何风吹君来，客人一声无事不登三宝殿。香烟一支，清茶一杯，三言两语起身拜拜，格外清爽利索。有那为儿子调工作，为女儿升学买路捅关节的，携些礼物来去，碍着舆论耳目，也只能掩掩盖盖、躲躲闪闪，哪敢招摇过市？唯这过年，家家好烟好酒，户户鸡鸭鱼肉，进门三五盅；上桌七八盘，主人乐得破费，客人岂敢抠皮？文明之邦，礼尚往来，投桃报李，祖传的礼义廉耻便黏在点心包包、罐头瓶瓶上，挤在网兜里，吊在车把上，晃晃悠悠织出满街的红火，夺目耀眼地唯恐别人看不见。

风雨过来人，识透了人生底蕴，票票的厉害，会挣会花。更何况山南海北来的魅力，五湖四海来的诱惑，占满柜台挤破街，向票票挤眉弄眼微微笑呢。兜里充实的，为了讨得亲友欢心，不在乎花费多少，专拣贵的、好的买，买来提在手上，别人看着大方，自己觉着体面。那手头拮据的，花钱必有几分苦恼，心想点心包包串门，没有半点儿意思。无奈人人都买都送，你不买不送岂不被人斜瞧？于是左右权衡，拣那价低实惠的买一套，送到亲友桌上，也算免了一年的难堪。无论是肥处削膘，还是痛处抽筋，不知到头来鼓了谁的腰包。买来的点心盒盒美丽大样，装的却是陈年旧货；借着包装严密，装半斤东西卖一斤的价钱，真是绣花枕头半包草，周瑜赖着打黄盖。

也有那乐于投靠卖乖献笑的，借这过年的东风，花大钱买厚礼，假拜年之名行打点进贡之实，冠冕堂皇送进府去，送者天经地义，受者理所当然。彼此哈哈一笑，心照不宣，如此这般。

东方人黏劲大。黏了亲友不尽意，又黏那生人。看那饭店门口，踩着鞭炮的残头断节，落下几对比翼鸟，满面春风恭候街头。继而，公公的同事，丈人的领导，小叔子的朋友，小姨子的同学，衣冠楚楚接踵而至，几十个生人围定圆桌，烟牵线，酒为媒，一句生两句熟，把恭敬祝福聚在拳头上，满堂红八匹马，三星高照点状元。三杯下肚肠子热，你拍胸脯他翘拇指，为哥们儿两肋插刀，舍命陪君子，好一派亲密仗义……

春日扬辉，乾坤鲜朗。这春、这街、这人醉意朦胧，步履踉跄。那从远古似遥远的街口流来的点心包包、罐头瓶瓶，载着古文化的锈斑和新文化的光环，散发着远古的腐朽气和新生活的芳香，如同一股被酒精兴奋了的血脉，鼓胀着、狂躁着在这街的血管里奔突流淌，流向十五，流向二月二……真不知何日才能清醒。

第四辑

147

也是艳阳天

春风始，清明止，上坟的日子。

这半月，寒暖较量的时日，天晴，春暖融融，大地复苏的氤氲气息滋润肺腑；天阴，春寒料峭，残冬滞留的冷风透肌刺骨。毕竟新绿即将漫开，春雨即将播撒，又一轮鲜活的艳阳天荡漾在人们的感觉里，让人享受生的愉悦。

生是死的翻版，后人是先人的翻版。这种再生的时日，后人不能忘却了先人，上坟烧纸，告慰亡灵与生灵。

亡灵在空气里，生灵在空气里；先人在梦乡里，后人在生活里，彼此要联络，要交流，烧纸是桥梁。

上街采买烧纸祭品的，必是家里老成上了岁数的人。人海里闯荡一生，老成了，才明白活人的艰难、生存的意义。去的去，来的来，生命延续全在一口气。活着，这口气是顽强执着不满足；亡了，这口气是宁静、安然、超脱。

花几元买几沓烧纸，拿回家里，有纸凿的，垫土木墩，用木榔头嘭嘭地把圆圆的钱印凿在纸上。细心人家，有祖上传下的桃木"往生"戳子。买来黄表纸，小碟里化好朱砂猩红印色，旧牙刷蘸了印色均匀地刷在戳子上，喃喃念诵南无阿弥陀佛多陀多佛，一枚一枚印满黄表纸……做得虔诚，一丝不苟。一定有工作了的儿子媳妇，上学校的孙子孙女们站在旁边看热闹，认为这些做法有点儿荒唐，有点儿滑稽，却又被大人们的那种认真感动，闹不清大人们心里藏着多少古旧的念头，多少悠远的想法，才做得如此虔诚认真，也就不敢抵触，不敢否定，只当作一件趣事，看着想，想着看，终归想不出头绪。

如今家族有几代同堂的人家绝少。无论老弟兄、小弟兄，分房另住，一为了应和住房条件，二为了逃避兄弟妯娌间的矛盾。至于叔伯弟兄、党家弟兄、隔山弟兄，原本是一棵树上的几股分枝，且越分越细，越分越远。如不是同出一个根脉，早已是张三认不得李四。这根脉，就在祖茔，就是被大地重新抱合在一处的几代先人。平时，后人们各吹各的喇叭，各念各的经，富的自管富得冒油，穷的自管穷得叮当响，你卖石灰我卖面，没必要掺合。到了上坟的日子，率先有家族里威望高的长辈出面挑头，定日子，定规模，分派任务，这家出钱，那家出车，抑或各家分头准备，愿蒸馒头的蒸馒头，愿卤祭祀的卤祭祀……届日，有车的，男女老幼一车拉到坟上。没车的，自行车捎着装馒头的竹筐，锹把一扛挑着装烧纸的提袋，三三两两往坟上集中。

好在这些年经济发达，家族里从事的职业五花八门，有当官的，有开车的，用车不必发愁。不当官不开车的，又难保没有开车的朋友，用车同样不用发愁。大车也好，小车也好，轿子车、面包车也好，无论是南边的凤凰山还是北边的大酉山，也无论是西边的西山湾还是东边的纳家山，来去不过顿饭工夫，方便的，车能开到坟前。

家族如树。根脉深浅，分支大小，到坟上一目了然。那茔地平整阔大、风水好的，祖上定然发达；茔地坟包林立的，早年人丁必定兴旺。这众多的亡灵似根，生灵如冠，势同一棵树，有古老繁茂之势。那茔地窄小，孤单单两三座坟包的，要么是新生的嫩芽，要么是退化的病树，根不深枝不茂，如那旷野里一株孤柳，有势单力薄之嫌。不过，这茔地也随时代演变，自然灾害后的垦荒造田，升平年代的植树造林，以及兵灾战乱，生灵顾不得亡灵，迁坟遗骨的事在所难免。这，似乎是冥冥中的一种自我平衡限制，让那发达的不能永久发达，孤寂的不能永久孤寂。

倘若茔地大坟包多，聚集来上坟的人也多，自然有一些故事生发出来。看那聚在坟前的，有裤角缠了带的小脚老妇人，一步三摇；有咿呀学语的幼儿，顾盼天真；有神情泰然、装束陈旧的成年男人，谈吐有序；有描眉点唇、细腰长腿的妙龄女郎，举止风流。那老幼之间隔了半世纪的光阴，有着两代人的鸿沟，如今聚在一起，亲不亲，自家人，近不近，一条根，自觉与土里先人浑然一体，与过去、未来浑然一体。

也许弟兄曾因酒稠茶淡的事有过猜忌，妯娌曾因针长线短的话闹过矛盾，纵然平时少来少往，你吃你的手抓，我喝我的拌汤，只为顾全自家的尊严。如今聚在坟上，碍着共同的先人，不好任性，不便使气，于是压住心里那点儿怨气，藏起脸上那点儿讪色，笑一笑，说两句，倒觉得彼此之间并没有多大恩怨，平日那些小嫌小忌实在多余。多亏这次上坟，彼此有了谅解的机会，有了交流的可能，那事先打算少说话的要有意多说几句，不想笑的成心多笑几声，以表白自己的坦荡和宽容。

家族里老成且健朗的长辈率领儿子媳妇、侄儿侄媳、孙子外孙、姑娘女婿们一溜儿围跪在坟前空地里，燃香，化表，先祭坟茔土地神位，再给先祖烧纸。将各家分头蒸的馒头、面桃献上，白的白，不白的不白；蒸得开了花的，蒸得溜了火的，加上没有灶笼蒸馒头而买来的面包，展览一样摆在众生灵、众亡灵眼前，难免那手巧的媳妇们暗自得意，手拙的姑娘们生点儿懊悔。各家分装在铝锅饭盒、搪瓷盆里的卤肉、炒菜、煮鸡蛋之类的熟食也花花绿绿地摆开，其间夹着男人们喜欢的白酒，女人们爱喝的饮料，孩儿们爱吃的水果……

祷祝、燃纸。人多，汇聚起来的烧纸也多，点燃了，火苗呼呼地卷舔着沓在一起千层万张的烧纸，纸角烧成黑灰卷起来，被野外没有定向的清风忽而顺地皮刮走，有大片的纸烬挂在枯草上，忽而旋飘在半虚空，碎灰落在人们头上，祭献的馒头、菜肴上。带了装满电池的录音机的，此刻要把录了经文的磁带装进去打开，让现代化电器代替人类念经。除了佛门道观的居士，如今的常人不懂得什么时候念什么经，不在乎磁带上录的是《金刚经》还是《大华经》，只要是经，念念毕竟没错。听那录音机里絮絮叨叨、含混不清的诵经声，并不用心去领会，只当烧纸中间的一支小插曲，添些声音造点儿气氛。

纸多，一时烧不尽，跪着的年轻人们觉得膝盖疼腰杆酸，便改变姿势，或坐或趴下，心里盼那纸烧得快些。偏偏跪在前面的长辈们十分认真，仔细地拨动燃烧的纸钱，且跪得纹丝不动，如做出一种榜样让后面的年轻人们思考。其间，不禁要说些新话、旧话。有孩子问母亲：烧了的纸真在阴间里当钱用吗？母亲答：能。又问："往生"跟纸钱有啥不同？又答："往生"比烧纸值钱，像人世间的黄金白银。

多数人沉默着，眼睛盯着烧纸的火焰，想着或甜或悲的心思。失去母亲的，忆想母亲的音容，顿生几许哀伤；殁了爷爷的，追想爷爷的慈祥，产生一连串感叹；生意人，想着空亏盈利；文化人揣测生命的前因后果……不论坟里的亡人曾是什么身份，高到有爵位，低到讨过饭，有过荣耀，有过耻辱；也无论跪着的活人现在什么身份，显赫到达官，低微到草民，有过富贵有过贫苦，此刻活的跪在地上，亡故的躺在地下，形影虽然不能相随，但先人毕竟是先人，后人只能是后人，其间不讲谁高谁低，谁能谁拙，谁好谁坏，谁美谁丑，谁恶谁善，讲的只是血缘，靠的只有亲情。无论熟瓜、生瓜，全是一条藤上的瓜；青果、红果，都是一棵树上的果……如此想来，这上坟，烧纸只是一种形式，聚众野餐也只是一种必然。重要的是，它是一段形象的人生导语，一句警策的处世箴言，一本独特的生活辞典，故而辈辈不息，代代相传。

家族大的，注定要举行些别的仪式，由德高望重的长辈选出几个最好的大馒头，伏在年代最久的坟山上，两个馒头底儿相对，放手让馒头从坟顶滚下来，那跪在前面的年轻男女便嬉闹着哄抢滚来的馒头，倘若有馒头直直地或曲里拐弯地滚进某个人怀里，大家就为他庆幸。是新媳妇，说她年内要生个儿子；是学生，说他高考升学有望；做买卖的，说他财源茂盛、生意兴隆；是小伙儿，说他年内成婚……一派吉言，说者高兴，听者快乐。

烧毕，磕头。成年人双手拄地伏身，让额头触及地面，起身双手合十，磕得郑重其事。年轻人敷衍了事，歪一下身子点几下头，权当应付任务。

第四辑

153

而后人少围坐一圈，人多分成几拨，分享祭品。肃穆的祭祖活动转化为快活的阖家野餐，自成一番情趣。

倘若上坟的人少，又是新起的黄土堆，不论是幼年丧父母，中年丧妻夫，老年丧子女，那风里飘摆的引魂幡，那身上宽皱的麻带孝衣，那悲悲凄凄、哀哀怨怨的轻哭低诉，是另一种催人心动的景观。

闲话蜜蜂

　　某日，搭乘朋友的小车去海东采访，适值大厦至小峡段公路扩建，留下走车的便道由于一辆车抛锚而梗塞。堵在前面的，是一辆装着满满一车蜂箱的东风牌货车。那些飞出蜂箱的蜜蜂，绕着蜂箱和车厢上下左右纷飞，比夜间灯光里的飞虫还要莽撞。其中一只盲目地射进小车车窗，在我们头顶耳畔绕行几度，殉难一样碰击前面的挡风玻璃，仿佛担心装载蜂箱的卡车开走，从此成为失群的孤雁或迷途的羔羊。

　　这只盲目又勇敢的小小生灵，在庞杂的蜜蜂家族中属于哪一派系，得去请教昆虫学家。但它引起了我的联想，从蜂蜜想到油菜花，从王浆想到蜂王口服液，想到天南海北追赶花季的养蜂人，想到杨朔著名的散文《荔枝蜜》，也想起储存在我记忆库里的那些蜜蜂。

凉蜜蜂儿

那时候，乡里亲戚家的三间东房还不怎么破旧，白杨木的檩条、椽子、粗菜杆的榻子只染了一层淡淡的烟色。细泥抹光的墙上，春节贴上去的年画也还鲜鲜亮亮地爽人眼目。初夏开始，宽大的木格窗子整日高高挂起。走进房里，马粪和麦衣子混和的经年的炕烟味儿，已经被田野里流来的稼禾成熟的味儿挤走了。这样日子的午后，树上的鸟儿们啁啾乏了，打算跳上清凉的枝头沉默片刻。村巷的狗娃卧在阴凉的墙根打盹儿的时候，城里来的学生娃躺在亲戚家只铺着白沙毡的大炕上，仰望顶棚，就会见到凉蜜蜂儿。

被乡里娃娃叫作凉蜜蜂儿的生灵，青绿色，五月"生肚"豆荚里的豆粒一般大小。常常是单独一只，在城里娃不经意的那一刻出现在椽子中间，靠一双透明薄巧的翅膀浮在虚空，或前或后、或左或右地移动着飞翔的位置，幅度不大，很谨慎、很文雅也很悠闲的样子。有时，一点儿碧绿的草茎或菜叶被这小生灵含着或者拿着，又不急于将这点儿与它身子等量的草叶运走，从容地在虚空里这儿那儿地游弋，很得意、很陶醉的样子。于是仰躺在炕上的城里学生娃就猜想，它把这点儿草叶当扇子把玩呢。有时，四五只这样的小生灵出现在屋里，互相不理会不纠缠，独在一隅做孤芳自赏的吟诵，那游丝一样嗡嗡的飞翔声音便钻进城里学生娃的耳朵。他想，怪不得乡里的伙伴们叫它凉蜜蜂儿呢。它不去探花，不去酿蜜，只在太阳晒不着、风吹不到的阴凉角落里沉思或者玩耍，很会享受，很会爱惜自己。后来城里学生娃长大成人了，回想凉蜜蜂儿，认为它是蜜蜂家族中的雅士，如同人群中的文人。

黄　蛋

156

那时候，城里四合院的居民，大都在自家台沿下开辟一溜儿花圃，紧挨台沿点种一溜儿刀豆，靠前点种几窝菜瓜，其余空闲地方种上金丝莲、打泡儿、石珠儿、金簪子、波斯菊……等待紫色有斑点，腰子形状的刀豆种子在潮湿的土里萌芽的工夫，主人搭梯子上房，往早已钉在椽头的锈钉上拴上细绳，一根根垂到台沿边，绷紧，只等刀豆、菜瓜的弱芽渐渐伸展成柔秧，攀附在细绳上成长壮大。这些日子，院里娃娃们只顾玩耍捉迷藏，玩耍老鹰捉小鸡，玩耍"官兵捉贼"和"踢人踢脚板"。不经意间回头，哇！刀豆秧儿已经缠缠绕绕攀上了房檐，叶茎上有密集毛刺的菜瓜叶也像伞一样张开了。转眼，绿帘似的刀豆秧上这儿那儿绽出碎小的深红的花朵，还有凑热闹的牵牛花秧把淡蓝或淡紫，或粉红的花朵喇叭一样敞着。伏在下面的菜瓜秧不甘落莫，也从大叶的空隙把纯黄的花儿一朵一朵举出来。娃娃们心里美美的，一个冬春没见的"黄蛋"又要来了。

黄蛋真的来了，一只，两只，从隔壁院里飞过来，划着之字形的飞行路线，嗡的一声从一个娃娃的耳边掠过，让这娃娃仿佛听到了古琴袅袅的余音。这只黄蛋足有蚕豆大呢。在绿帘前忽左忽右地飞行，挑选自己满意的花儿，或者等待那朵花儿多情的召唤。终于选中了一朵盛开的菜瓜花，款款降落在张开的花瓣边缘，很冲动、很迫切地爬进花心，弓着细腰，金黄色丰硕的尾部频频抽动，粉妆的花蕊就娇羞地吻着它的头颅和翅膀。站在一旁张望的娃娃们心里痒痒的，这么壮的黄蛋，逮住，腿上拴一段细线，牵住另一头让它飞行，会有多少趣味呀。但黄蛋是机敏的，花色、花香不会让它忘记警惕。没等娃娃们蹑手蹑脚走近，它果断地从花心倒着飞出来，要么降落在娃娃们够不着的花朵上，要么挑逗似的在娃娃们眼皮下吻一吻这朵喇叭花，亲一亲那朵刀豆花，在娃娃们以为要落的时候远远地飞走了……长长的夏天加上半个秋天，娃娃们总会等到几只贪恋花香忘乎所以的黄蛋，隔着手巾或帽子将它逮住，避着它尾部伸出来的防身利器，或者干脆挤抽掉那根危险的刺（抽出的刺总是连带着一丝黏黏的肠子似的东西），拴在线上，看它病病歪歪地飞翔而欢呼雀跃。后来，娃娃们到了懂事的年纪，明白家里搽脸的蜜、端午节吃粽子的蜜都是黄蛋（当然不止它一种）酿造的，他们后悔了。尤其听说黄蛋一旦蜇人就会把刺带出身子而死亡，心里便空空的、酸酸的。再后来，其中一位娃娃成了作家，他合理想象，这种小生灵体格健壮、外观俊美。为制造甜蜜劳碌于百花丛中，如那热衷于交际的社会活动家，富有稳健、勤谨又不失法度的绅士风采，终日在娇花艳蕊中体现自己的生命价值，风风流流了却短暂一生，民间谓其黄蛋，真是恰如其分。

马蜜蜂

那时候夏天的乡野实在迷人，最着迷的就是从城里来的学生娃。甩着柳条在长满野花的田间小路上走一遭，眼前是翩翩纷飞的蝴蝶，脚边是欢快蹦跳的蚂蚱，清风从耳畔柔柔地拂过，扬花的麦田就沙沙地制造起伏的波浪。看见倒在树下，用草帽盖住面孔午睡的农人，淡淡的慵倦和睡意就悄无声息地围住城里来的学生娃，可他不敢睡在草丛树下，不是怕蚂蚁，不是怕瞎蜢（牛虻），也不是怕青蛙。他怕马蜜蜂，乡里小朋友说，什么蜜蜂都能捉来玩耍，甚至挖走它窝里的蜜罐罐，唯独马蜜蜂不能惹，不能碰。

害怕归害怕，城里学生娃并不讨厌马蜜蜂。它的蜂巢太奇特了。他看见的第一个蜂巢就在亲戚家的房檐下，吃饭碗大小，灰白色，巢口朝下架设在两根椽子中间。乍看，以为是用宣纸糊成的呢。看上去十分精巧，精巧得令他怀疑里面如何容得下那么多骠悍的马蜜蜂，还让他担心一阵轻风会把它整个儿吹下来。（那就糟了！马蜂一定以为是人们袭击它的屋宇而会与人们拼命的）事实上那个奇特的蜂巢一直牢牢地黏在房檐下，任凭它的主人们进进出出地忙碌。它是马蜂美观又坚实的大本营。小生灵从巢口起飞迅疾而果断，似要去经历一场征战而义无反顾。飞回来也是风风火火，如同凯旋的将士不显丝毫的倦怠慵懒。仔细观察的城里学生娃便有不成熟的感想生出来。作为蜂的一种，很少见它温情脉脉地只在花上厮混，它总寻找坚硬的树干和墙面落脚，休息的时候也不掩饰好战的姿态，那细长的尾部像武士手里的宝剑一样挥来挥去。难怪民间在它的名字前面冠以马字呢，只有英武骠悍的武士才能与骏马匹配。后来，成熟了的城里学生娃懂得了更多的生存哲学：马蜜蜂天生骠悍好战，独立自尊，蔑视强大，遭受凌侮就团结起来前仆后继地反击，生不求荣，死不为惜。因了具备这样的品格，自以为强大的人类才不敢对它轻举妄动。

屎蜜蜂

蜜蜂冠以屎字，这种称谓恐怕为西宁独有。假如这是虚妄的搭配，无疑是对蜜蜂的侮蔑。但这是事实！如同人群里总有几个懒汉、无赖、二流子，蜜蜂家族中也有一些不光彩的成员，只是不知昆虫学家的词典上对这类蜜蜂作何命名。

看着如今儿童们拥有的形形色色的玩具，当年的城里娃就会想起那些与玩具有关的往事。那时候，一支秃毛笔，一枚铜钱，一个墨水瓶，甚至打碎的细瓷花碗的瓦碴都让娃娃们爱不释手。顶多年节省下几角压岁钱买一支木枪、一只拨浪鼓玩玩，算是最幸运体面的。好玩又缺乏玩具，娃娃们就去抓蝴蝶、抓蜜蜂、抓蝌蚪甚至抓苍蝇，从中寻找乐趣。春天、夏天、秋天，天上悠悠聚散的浮云，院里慢慢移动的日影，热烘烘的太阳味儿，斑斑驳驳的树影，总让娃娃们困倦，但小溪一样流动的涓涓活力又让娃娃们不肯安静。于是，追逐翩翩翻飞的粉蝶，抓来把玩。可那被俘的粉蝶委屈地蜷起身子，翅膀悸颤，让娃娃们于心不忍。那就抓黄蛋吧，然而黄蛋有刺，不留心蜇一下，受罪哩。那就抓苍蝇吧，太阳晒热的青砖花园墙、台沿边、门窗柱子，都是苍蝇喜欢停留的地方。可苍蝇贼精，十有八九逃之夭夭。偶而捉住一只，却不能当作活物把玩（它毕竟令人讨厌），于是娃娃们盯住了屎蜜蜂。这种褐黄色、身子扁圆、翅膀宽大的蜜蜂，通常降落在茅房墙上、地上，打盹儿一样久久静止不动。有时也会飞到花园墙上，缓慢地爬动。它也喜花，一种称作臭金簪的花是它做梦的温床（说来也怪，这种花外观十分艳美，深玫瑰红，花瓣边缘是金黄色线条，可惜味儿是一种怪怪的臭。花美而臭，与蜜蜂冠以屎字，可谓又一种物以类聚吧）。偶尔还会飞到波斯菊、蜀葵等花朵上，犹犹豫豫在花心拱动，仿佛不甘心寡欲，要强作片刻风流。因它起飞迟疑笨重，爬行缓慢，一副木讷迟钝的呆相，又没有自卫武器，被娃娃们轻易地捉住，老老实实拖着拴在腿上的细线飞行，却又飞不高飞不远，急迫地落下来歇息，而后挣扎着再飞，很乖很顺从的态度。就是因了它身上的惰性、奴性、呆性，娃娃们只会捉弄它而不喜欢它，玩倦后一脚踩死。

　　名为蜜蜂，不寻芳却要逐臭，不勤逸却要偷懒，不自爱甘愿受人摆布。民间赐它一个屎字，倒也没有委屈它，成人了的城里娃如是想。

第五辑
品味夏都西宁

私家花园

　　书家张永清的书画店开在胜利路花鸟鱼虫市场二楼。这个早年便已成型的休闲用品市场，游人往来间花红叶翠鸟鸣鱼游，繁乱中饱含生活情趣，热闹中不无优雅气息。此等环境很对张永清的脾性。青壮年的张永清在生计奔劳中，以异秉天赋取得书法和曲艺上的骄人造诣。退休赋闲后又在鸟语花香的地方开一家小店，买卖成败只当余生消遣，与书朋画友曲艺同道、论文唱和却为主旨。

　　笔者一日闲游去他店内小坐，闲聊间听他说，懒得孤守店铺，锁了门抬脚去私家花园散心。

　　乍听纳罕：私家花园？转念释意。他把人民公园视为私家花园，玩笑中不无道理。核心是这种不无道理的玩笑，恰合了他与我这等文人雅士的情怀和意趣。人民公园那时节还得购票入园。不过，年过花甲的张永清已在市政府规定的免费入园的优待范围之内。况且凭借书法曲艺上的大名声，以及活络的性情，一来二往，必定与公园门卫们惯熟，随时随意出入已成自由，说是私家花园何尝不可？

真该感恩好时代，给了我们生活上和心理上如此称意的私家花园。

远的不说，只说解放前后的半个世纪内，西宁城区内外拥有私家花园的官绅富贾不过屈指可数的几家，且是绝对意义上的私家花园，外人无缘也无权涉足。倘若是官僚的私家花园，比如三坏（马步瀛）的私家花园（早年西宁卫生学校旧址），贸然闯入闹不好要搭上性命。那时候供城乡民众自由出入消闲的可圈可点的公共园林，数来数去不过麒麟公园、香水园几处，且多为天生地长的自然景色，少有作为点缀的人工建设的人文景观。

此后，每每做完日常早课（写作一至两小时）后，我要出门找地方养眼、散心、遛腿。走之前得意地对妻说一声，去我的私家花园喽！似乎要去的地方真是产权独有的私家花园。不知情者听我的口气，一定以为我在说疯话。其实不是疯话。我的居所周边至少有三个像模像样的花园，不是私家花园胜似私家花园。因为随我选择自由出入。往西的鲁青公园和连带的人民公园，往南的中心广场以及麒麟湾，只需要半小时便可到达。如果算上附近的滨河小游园，算上已经投建的北扩中心广场，我一抬脚就能画中游，尽情享受这几个公共园林给予我的妙不可言的惬意和快乐，故而我不但视这些好去处是私家花园，还会大言不惭地表白：我住在西宁市的眼皮上。

鲁青公园是山东援建项目。看得出设计者和修造者的独具匠心。曲径石桥、亭台水榭、草阶花坡，无一不有江南园林的气韵。基于与人民公园搭连成一体，众多游人出于惯性只图热闹，除我一类爱静爱雅者乐得独步，少有青少年问津。每每进入鲁青公园，享受着画中看画、园中游园的惬意，思绪每每飞扬，比较着华夏大江南北诸多驰名中外的私家园林和皇家园林。比如苏州拙政园、上海豫园、北大承泽园、天津向津园、无锡寄畅园、济南大明湖、成都杜甫草堂……这些驰名中外的园林初建时都为私家花园，无论最初的主人是追求仕途落第后的安逸，还是作为官场急流勇退后修身养性的理想乐园，时至今朝，都成为向民众开放的公共园林。以当年私人投资为今朝政府赢得了巨大的经济效益和文化声望。其中最典型的是颐和园，当年挪用巨额军款建园的慈禧太后为此背了终生骂名。孰不知如今的颐和园为国库添了多少财政收入。真正是此一时彼一时。可见，对任何事物最好看得远一点儿，更远一点儿。

　　立身西宁，我的眼睛无法看得更远，但我的思想纵横五湖四海，从历史的烟云中廓清了社会进步的脉络，让安于现实的身子，小心地爱护着公园内外的一草一木、一花一石，让自己真正成为花园的主人。

西宁夜生活

戏台上讲究开场锣鼓，咚锵咚锵猛一阵敲打，才拉开大幕正式开戏。

西宁夜生活的开场锣鼓，由摆夜市小摊的个体摊贩们合力敲响。说是夜市，其实太阳未落就有性急的把桌椅炉灶摆在人行道上，逼得行人斜身从空隙中穿行，或涌上慢车道行走。这边炉灶刚刚冒出青烟，那边卖百货、鞋袜、玩具的已把货物摆齐挂好，吆喝起来，担心嘶哑了嗓子的，拿着电喇叭，便有夕阳一点儿桔红的亮点从喇叭口折射，与街边高层建筑玻璃幕墙上的阳光相呼应。马路上纷纷行人如归鸟，"面的"喇叭和自行车铃声急促，白日行人畅通的街道，此刻显得无序而混乱，却又体现着繁华和热闹。有卖的就有买的，无论家常的水饺、麻食、炒面片，总有人挤坐在狭小位子上，津津有味地吃；无论款式、花色都已过时的皮鞋、衣裤、长筒袜，总有人蹲下来挑挑拣拣地买。夜市兴盛不衰，基于免税或少税的优惠政策。投几个本钱，做点儿小打小闹的易手买卖，赚不上大钱却也亏不了血本，极适宜腰包不硬又梦想发财的人试试身手和运气。顺，一次赚它十几二十块，是一种心理安慰；背，赔进去百儿八十，不至于跳楼上吊。平头百姓嘛，眼见不少人发了，暴发了，日子越过越豁亮，总得把自己的小日子打扮一下。努力了，争取了，晚上才能睡得着，哪怕吃的依旧是醋溜白菜，睡的依然是木板硬床。

毕竟有不少图清闲的小两口和独身的姑娘们要上街来改换口味，只要把炉灶桌面弄卫生，态度搞殷勤，饭食的味道调香，总会有人把口袋里那几个不安分的钱交到你手上。世上的钱儿轮着挣哩。

那些讲求实际的中年夫妇们，手头不宽裕、不讲虚荣的年轻人，乐意费时费神从夜市地摊上选购些物美价廉的商品，只为省下几个钱。挣的不多，谁敢大手大脚呵！有好心情追求好感觉的，尽管趄在街边太阳伞下的沙滩椅上，慢慢呷着扎啤，看着身边流过的同类，听着身后餐馆放送的流行歌，和同来的同事、朋友快活地交谈着。细听，男人的话题无外乎集资购房、医疗改革、股票行情……言语间流露着憧憬，也流露着焦虑。也难怪，中国的家庭，挑大梁的多是男人，谁甘心自己比别人无能？大事没机会干，小事总得干出点儿名堂吧。至于女士们，话题多与服装、小孩子有关。这儿新开了时装专卖店，那儿添了一个发廊，这个品牌的洗面奶可靠，那个美容店的面膜走俏，笑谈间，忍不住给对方展示一下新添的首饰、化妆品……其中不乏有派的中年妇女，耳上吊着足赤耳环，颈上套着足赤"蛇皮"，用至少戴着四枚戒指的小手从坤包里取出 BB 鸣叫的呼机，看一眼汉字显示，扭着头颅张望附近是否有电话亭。那有"摩托罗拉"的，就喂喂哦哦地说起话来，天知道与她说话的人在上海，还是在深圳哩。看她的神情，似乎又有了一宗大买卖……自然，傍晚出来坐排档喝扎啤，多数只为消闲。全身放松悠哉乐哉，要的就是惬意。经济落后地区的年轻人，大潮流赶不起，小潮流总得玩玩吧。这样的情调，早几年只能在电影、电视上看见，是别人的享受。如今不再是可望而不可及的事情了。

暮色，就在夜市泛起的热烈气息中不动声色地罩住了西宁古城。路边高杆上的高压纳灯亮了，街道像泡在水银中。高压汞灯亮了，街道又羞了般泛出红晕。街边商店橱窗的灯亮了，缠吊在街树上的彩线灯亮了，广告灯箱亮了。这广告灯箱，是经济发展的必然产物。方的，圆的，整齐地排列在闹市街边，亮堂堂美观大方，有绅士一样矜持庄重的气派，既给行人洒下光明，又给企业充当了解说员，实实在在的一举两得。特别是这儿那儿各色款式的霓虹灯，极像顽皮女孩和风流寡妇的眼睛，彼此不服气地眨动起来，传递着活泼妖冶的眼波。加上来去水一样流淌的车的前灯和尾灯，入夜的西宁真成了"火树银花不夜天"呢。

灯，是城市的眼睛。很长一段年华，黑夜逼来，西宁就闭上了眼睛，任清冷的夜风陪伴和捉弄昏昏欲睡、死气沉沉的城市。只在五一、国庆、元旦睁那么几次，让市民们遗憾它的神采不够、底气不足。如今，西宁浑身是劲儿，吵吵闹闹了一天，天黑了还不知疲倦，睁着明晃晃的眼睛，很有点儿不闹到深夜不罢休的样儿。也难怪，近处的兰州，远处的上海，更远的东京、洛杉矶，哪一个不是"夜猫子"！西宁虽小，虽偏远，虽穷，总不能自惭形秽吧。跟着那些潇洒哥哥风流姐姐学点儿划时代的仪表、情态，抖去古来的土气，有什么不好？于是，哪怕顾客稀少，也让商店开着门，亮着灯，琳琅的商品华彩四溢，给西宁的夜色增添多少美哩！哪怕观众十几、几十个，让电影循环着放映，让那些遛马路腻了的情侣恋友们坐着歇歇腿，也是给西宁的夜晚做了一份贡献。如此类推，街边的大排档、小吃摊、茶座、录像室、游戏厅……哪个不是为西宁的夜色增添着自己的光和热，为塑造西宁的崭新形象而充当一个别针、一个纽扣甚至一滴指甲油？

西宁的夜晚这么精精神神地立着，眼睛眨着，嘴巴唱着，腰身扭着，头上、颈上、腕上的饰件闪烁着，如此生动，如此充满诱惑，别说年轻人，即便掉了牙的老人，都有兴头走出家门到街上体会体会夜生活哩。走着看着，就有无限感慨涌上心头。旧社会，傍黑城门一关，街上就没行人了，坐在自家炕上能听见城外的狼嚎。即便十几年前，市中心就那么几溜路灯，看戏没戏，听歌没歌，那日子就别提了！如今走在街上，看头多得小心扭了脖子！古书上怎么说来着，"月下看花，灯下看美人"吧？看看今天的西宁街头，华灯初上，鲜花摊上一束束鲜花和摊前往来的一个个美女相互辉映，真分不清花是美女，还是美女是花。康乃馨也好，玫瑰也好，草菊也好，由那风流男儿买一束送给多情少女，那个甜蜜哟……

夜里街景独具魅力呀！别说从远乡初次进城的乡民，就是久居城里的市民，走到西门口，听着喷泉哗哗的水响，仰脸看看巍巍峨峨立在夜幕中的大厦，就会产生点儿身居都市的自豪。虽然眼下还算不上大都市，但照这几年的建设速度，一座座大厦拔地而起，谁敢说今后的西宁不是大都市？而后，到大十字过街天桥上走一圈，伏在栏杆上欣赏下面游动的各色小车，高兴了拍一张彩灯做背景的照片，把这一刻的好心情、好表情固定下来，留待将来的子子孙孙们评价吧。反正，如今的夜生活，少了躲躲闪闪的猥琐，多了通透亮丽的豪迈；少了扭扭捏捏的做作，多了洒脱浪漫的自在。有了好心情，尽可以各尽所能、各取所需。爱跳舞，自管去跳好了，探戈也罢，伦巴也罢，恰恰也罢，到处是浸泡在彩灯和音乐中的场地，由你尽情展示优美或庸常的舞姿。爱打台球，尽管打好了，无论司诺克，或者开仑，就看你是否具备惊动四座的精湛技艺。要不然就去游戏厅试试你的身手和反应能力，骑摩托也罢，驾驶小汽车也罢，枪战也罢，都会让你身临其境，险象环生却不伤毫毛，玩的就是心跳气急、陶醉刺激。也不是什么人什么地方都可以去，比如茶屋、咖啡厅，去前最好斟酌斟酌，至少摸摸自己的腰包，能否经得起一"宰"。心疼那几个工资，最好避而远之。可这儿那儿越来越多的茶屋、咖啡厅真有点儿雨后春笋的势头，由不得你视而不见。从它前面经过，就觉得那半明半暗的灯光有点儿暧昧，那包着皮革紧闭的门和帷帘掩住的窗户，有点儿密不透风、深不可测的意味。就想象里边的情调和内容，是否与影视片中西方、港台地方的咖啡馆一般？这玩意儿能存在，有它的道理。百姓们理解，这大概就是西宁正向沿海发达地区靠拢呢，正与国际接轨呢。认为挂个"夜总会"的标牌就意味着放荡和堕落，已是过时的现象和观念，如今的西宁市民们，不吃葡萄决不说葡萄酸。

相比较，饭店酒楼的KTV包房显得明朗大众化，光顾的人也多。那些霓虹灯相对集中的地方，比如党校旁边，比如纸坊街，比如小桥、火车站周围……尤其文化宫前的"城中城"，看那楼上楼下大玻璃窗内，华光四溢，人影幢幢，从傍晚到深夜几乎没有空闲的地方，很有点儿夜夜笙歌的味道，必然会想这儿发不出工资，那儿发不了工资，怎么吃吃喝喝的人还这么多呀？怎么还有情绪玩玩乐乐呀？其实只要留心，其中固然有公款消费的，但也有不少自己掏腰包的。老爷子大寿，小孙子百岁，表姐考上好学校，兄弟找到好工作……谁不想举家出来乐乐呢？对少部分市民来说，留一些预防这样那样意外的底金，谁拿不出三四百潇洒一两次？那么久地为文件活着，为口号活着，如今该为自己活了！亲朋好友包一间KTV，这边吃着喝着，那边唱着跳着，真正的吃喝玩乐呀！末了还争着买单，不就是几百块嘛，小意思！

173

夜色就在这吃吃喝喝、蹦蹦跳跳、吵吵闹闹中加深。该"面的"司机忙了，殷勤地拉开车门，让那酒足饭饱、意犹未尽的先生小姐同志哥坐进车里，鱼儿一样汇进灯的河流……"面的"刚兴起那一阵，闻着京城飘来的味道，清一色的"蝗虫"受人青睐。渐渐，红的、白的照样叫顾客喜欢。招招手，甚至一个眼神，就开过来停在身边，由你指使着满城转悠。起头坐"面的"怕"宰"，也真有被宰的。后来安装了计价器，花几个车费心里踏实。人们有着接点挤公共车的记忆，随时随地搭乘"面的"就是一种提高和享受。讲实际的百姓会算账，与其五个人坐四站"招手停"，不如加两块打的。关键是，人们想开了。

　　数千辆"面的"满城乱窜几乎没有空的，说人们手里没钱似乎不太客观。至少可以说，把钱塞进罐子里泥起来的时代过去了。不信，随便钻进几个家庭看看，很可能有的人家在玩家庭影院，有的人家在搓麻将呢。随着夜色深沉，夜生活的热度开始减弱，留住一点两点余热的，是烤羊肉的小摊。钢筋做架，化纤布为幔的帐篷内，一盏小灯静静地亮着，一台小黑白为摊主做着伴儿，一炉煤火在灼灼地燃烧。穆斯林做生意的耐心是令人诚服的，零点，凌晨二点，他们还坚守着，这时的街道渐渐冷清，有夜风卷起的塑料袋和纸片在街上飒飒地移动，但那一炉炉煤火，依旧发散着红红的期待和愿望，与远远近近的灯光默默地呼应呢……

如歌的行板

影影绰绰、羞羞答答闪现的是你吗，春姑娘？

你舒展淡远的黛眉如青山逶迤，闪烁清亮的明眸似湖泊荡动；你气息永恒，生发润泽，贯通天地，血脉灵动，牵引和风，激荡人间。你飘逸云端，流连于旷达的天庭，透明如月色缠绵于赤裸的树丛；你徘徊河岸游足苍茫沃野，朦胧如柳烟弥漫于纵横的阡陌。你忽东忽西，乍现乍隐，惹我苦苦翘企，你欲来不来，芳踪神秘，令我等得心颤。

新新鲜鲜、漂漂亮亮走来的是你吗，春姑娘？

你拆阳光为针，搓雨丝为线缝就的衣衫绿彩斑斓。你用梨花饰面，用桃蕾点唇，花容芬芳妩媚。你别月牙为胸针，缀繁星为纽扣，把长虹续上发辫，你的通体华光四射。你经山谷、穿树林、绕村舍、过小桥，举止袅娜温柔。你一路问候，一路祝福，一路馈赠，使大地一片欢腾。于是小草拱出地皮，昆虫爬出洞穴，飞禽聚集枝头，恭迎你的到来。他们推举雁阵为仪仗队，点燃雷声为礼炮，让小溪哗啦啦抖动彩带。我位列其中想象着与你拥抱，与你亲吻，我激动得手舞足蹈。

你终于向我招手致意，第四十六次给我爱的福音。我惊羡你的雍容大度、仪态万方，禁不住如痴如醉。我拽住你的裙裾向你祝福，倾诉我整整一冬的相思。你说你理解我的忠诚、我的执着、我的苦苦思恋的心情。你说你不嫌我额上有了皱纹，鬓角有了白发，不嫌我兜里没钱、手里没权。

你要一如既往给我温情，给我柔意，给我甜蜜，让我充分享受你的博爱。你的慷慨公正再一次让我感激涕零，我发誓要永生爱你，向你不折不扣奉献我的殷勤。于是我得到你润泽的长吻，得到你喃喃的耳语。你说你要带我再次蜜月旅行，走完藏在诗行里的路程。

176

你我依依偎偎走进闹市，要寻访你熟悉的草茎、花坛、古树和清凉的小风。无奈处处红灯、时时碰撞、喧哗压顶，你我步履艰难。触目或是脚手架，或是砂石坑，或是垃圾弥漫着生硬和凌乱。人们迷醉钞票，迷醉面包，迷醉灯红酒绿，对你的到来反应淡漠。你惊讶人们面具换得太快，生意经念得太重；惊讶人们在铜臭里欣欣舞蹈，忘记了生命的根本。你驻足孤独的树下被踩踏的草坪上做悲哀的沉思。你痛惜她们得不到慈母爱心，你的清泪挥洒如细雨。你让我扶正挤歪的细柳，拣尽林地上肆虐的糖衣。你让小贩漂洗小油菜、羊角葱，用碧绿和水灵召唤人们春的意识。你的喟叹、你的叮咛感动了鸽子，它们飞上蓝天传播你的音讯。忠于你的臣民便聚集公园着意化妆打扮庆贺它们的又一诞辰。柳树披上绿纱，杨树戴上翠冠，榆树摇动千万只手鼓。丁香抹了胭脂，刺梅搽了香粉，杏树套好了绯红项链。急坏了醉睡的花花朵朵展现梦呓的微笑……我侍立一旁看得心旌摇曳，感受着你的大义、你的多情、你的无私，爱的激情像小河汩汩流淌。

走向原野，你轻松欢快的步伐从容潇洒。大地筋肉松动，骨骼咯咯脆响，四野欢呼你的光临。你的裙裾微摆扇出徐徐清风，你的睫毛高翘挂住缕缕白云。你甩动秀发，丛林里绿色哑哗；你胸脯起伏，田野上岚气氤氲升腾。你叫我轻声呼唤鹅卵石消除它昏睡的痛苦，叫我伸长脚尖在冰上谱写春光圆舞曲，音符叮叮咚咚滴入河内。你指着一群跌跌撞撞的蚂蚁说这是还阳的生命，指着弯曲的河岸说那里藏着精瘦的扫帚草和蛮横的鼻邋遢，还有质朴的蕨麻。

你牵着我迈过塄坎，跨过沟渠，挨家挨户开展春播动员。你把叮咛挂在铧尖，把祝愿注入拖拉机，把希望驮在驴上。你催促公鸡踩蛋，母猪跑窝，沙燕儿谈情说爱。你撩拨男人们亮出肉体显示力量的棱角，汗流夹背发挥骄傲的喘息；你引逗妇女们脱去棉袄露出婀娜的腰身，羞羞答答渲染甜蜜的呻吟……你无所不爱，无所不体恤，无所不关心。一片爱心使得荒芜的田园惭愧无比。人们感激你的多情，纷纷把你拥抱，将你狂吻。于是你满脸飞霞映红了天空，映红了清泉，映红了炊烟和悠扬的笛声。你礼貌地拒绝人们爱的冲动，现出你的冷静、庄重。你说你身上揣着万物的灵魂，容不得庸俗侵蚀、污垢传染、罪孽亵渎。你还有很多事情要做，顾不得考虑婚姻。你要尽快把蝌蚪变作青蛙，把蚯蚓送进泥土，然后放飞蜜蜂、蝴蝶；要尽快教会蚂蚱跳远、鱼儿游泳、喜鹊传递快乐。你说你已经看清小麦、大豆在地里蠕动，苹果、梨儿在枝条蠕动，羊羔在青草里蠕动。她们需要你的疼爱，急需你的温情，你的频频亲吻。

　　你驾驭罡风踩着春雷的散板节奏向山林进发，进入山谷，你把温柔化为云雾，化为岚气，抚摸着峰峦，拥抱住森林。于是山林在你怀里撒娇，在你怀里哭闹，声音惊天动地。你款款抚摸冰雪封冻的乳峰，让乳汁山泉般哗哗消融。冷缩的山林贪婪地吸吮，形体渐渐洒脱舒展。你抚摸山腰那片新添的创伤，诅咒无情的砍伐破坏了形体的完美。你为此动怒，心音如山风呼啸，如阵雨倾注。你的博大，你的雄浑，你的无所不能，使我目瞪口呆。我跪倒尘埃仰视你的伟岸，方知你阴柔阳刚兼备，我顿然羞愧自己的渺小轻薄和无为无能。你发现了我在惊惧，我在冷颤，便用一束阳光熨烫我蜷缩的躯体，裁下一方晴空做巾，捧来湿润做药，按摩我收缩的灵魂。为了让我高兴，你叫青杆演出绅士的一本正经；让白桦风趣地挺胸凹肚，让古榆显得老态龙钟；你说不久的将来你要让羽裂蟹甲草在我脚前匍匐微笑，让红脉忍冬对我摇头晃尾。那时节你将会从项链上摘取几颗珍珠放在川赤芍叶上闪炼清凉，让红桦皮变成信笺燃烧灼心的诗行……我被眼前的清凉迷醉，被你许诺的前景迷醉，有些忘乎所以，你却默默地拨开草丛认真地点播草莓，点播蘑菇点播形形色色的

青海味道

178

花花果果。你的义举感动了百鸟为你演奏《百鸟朝凤》，百灵画眉吟唱，啄木鸟敲着梆子，斑鸠摇动沙锤，锦鸡整理华丽的舞装。美妙清丽的主旋律突然有了雄浑的和声在震颤，原来是梅花鹿、牙獐也在为你长鸣。

我终于明白，终于醒悟，终于认识了你。你温柔似水，博大如原野，凝重如山，你的灵魂无处不有。你娇美俊巧，飘逸洒脱，向全体生灵倾注辉煌的爱心。我一个凡夫俗子得了你如此深重的爱应该心满意足。从今往后我不再想入非非，要以你为榜样，以你为爱心，为动力，苦苦研磨我粗糙的生命。

第五辑

做尽秋声

爽朗一夏的天气，入秋却成了多愁善感的林黛玉，动不动就哭，动不动就哭。

像淤积了多少委屈在云内，时不时把那层层叠叠、灰暗沉闷的气色纠集在一起，遮尽白云般悠悠的妩媚，阳光似暖暖的明朗；掩去了朝曦晚霞般生动的轻嗔浅笑，把那欲坠不坠的泪珠噙在眼里，单等风儿几声凄凄的叹息，先挤出零星的几滴，而后放肆地抛洒起来……

最先是树叶感知了雨星的光临，圆的杨叶，窄的柳叶，阔的探春叶，碎的樱桃叶，细的松柏叶，素的沙枣叶，艳的桦叶……都被那一滴、两滴、三滴冰凉的雨点敲打得抖动起来。你抖她抖，抖得一树百树的姊妹们先是小声抽泣，接着齐声恸哭，一面面湿脸儿委屈地抽动着，甩下千滴万滴绿色泪珠，把山也洇湿了，把川也洇湿了，洇得鸟声潮潮的，洇得河面上破裂的水泡施放出淡淡的水雾。

是什么惹得老天如此伤感，如此动情呢？

是泼在山坳里，涂在山坡上的那一块块鲜活的颜色被农夫村姑们装上拖拉机，驮在牲口身上拉走了，运走了，剩下被汗水洗过的土地无遮无拦受秋阳的曝晒，显得有些沉闷，有些单调，有些寂寥。曾经，那层层叠叠相杂的颜色，引逗出多少甜甜苦苦的故事，发生过多少野性的歌、朦胧的诗。可她们相互竞争着高了，胖了，丰满了，被人们陆续占有了。如今，田地的绰约没有了，风韵没有了，麦浪上飘荡的凉帽没有了，地边上驱赶麻雀的草人没有了，失去了这些激情、这些活力，大地裸露的肌肤又要被尖锐的犁铧刻上一道道皱纹，老天怎能无动于衷？

老天兀自卖弄多愁善感，把泪水抛洒得淅淅沥沥、缠缠绵绵，却不知庄稼人恼透了她的这种做法。他们说：要哭，就像夏天那样呼雷闪电，说来急来，说去快去，庄稼人最烦这种凄凄惶惶、忧忧怨怨、抻不长揪不断的黏面脾气！

难道没见地里的麦捆子还没取尽，堆积在场上的稼禾不能摊碾吗？眼看着收倒的麦子又被如丝的细雨、沉沉的潮气逼出一抹绿色、一串嫩芽，庄稼人吃不香睡不安。麦子捂芽了，磨不出好白面，年头节下蒸馒头不开花，做拉条扯不长，拿啥支应亲戚哩？老天爷哭得满院院水，一巷道泥，柴禾湿烧不旺火，草潮煨不热炕，淌薄了你家的房皮，泡酥了他家的墙根，闷得尕宝儿睡懒觉，害得大姑娘小媳妇出门一头水，入家两脚泥……

老天经不住庄稼人仰着脖子喊，挂在嘴上骂，不得已破涕为笑，显出些蓝蓝的快意来，于是满庄子粗声喊婆娘，细嗓叫娃娃，鞭响处骡子跳毛驴扭，门开时草帽飞头巾飘，飞也似汇集场上，解腰把，摊捆子，一时间金灿灿麦秸乱闪，吱呀呀碌碡狂滚……谁承想又没翻两次，锨没扬几下，老天的脸儿倏忽一变，愁云弥漫，泪雨骤来，浇得一场男女老幼喊两声苦叫一声娘。

又是什么惹得老天伤了心，动了情？

是挂在树上、坠在秧上的圆的、扁的、尖的、弯曲的红黄橙紫的果实，被卖主、买主们慌慌地装筐装箱抬走了，运走了，剩下乏了、空了的枝条秧蔓不再被人重视，被人关注，显得有些失落，有些孤单，有些凄凉。曾经，那沉甸甸的内容编织了多少有滋有味的梦幻，制造出几许摄影巨帧、绘画小品。可她们被人家们拿去换钱了。连那枝梢尚不饱满的青果，秧尾还未成熟的嫩椒也被蛮横地嫁出去了。如今，那甜甜蜜蜜的召唤没有了，花花绿绿的诱惑没有了，走枝串树捎带情话的蜜蜂、蝴蝶没有了，连那匍匐大地胸膛上的绿绿的情意也渐次枯萎了。失去了这些慰藉、这些眷恋，草木一秋的悲歌在断枝残叶的伤口上流淌，老天如何不伤悲，如何不流泪？

老天的凄楚忧怨，奈何不了城里人的逍遥自在。因了城里处处水泥路，家家有晴雨伞，楼厦是浇筑的基础，沟渠有石砌的护坡。再说暑热虽敛，秋气正燥，乐得老天吹来几股凉爽，洒下一片湿润。更有那失意的诗人，落魄的画家，被遗忘的多情男儿，不得宠的红颜女子，单等着老天制造出阴阴郁郁的气氛，迷迷幻幻的情调，把雨泪时而直滴，时而斜洒，好借风抒意，趁雨抛情，写出几首苦恼的诗，哼上两段迷茫的歌……反正票票完了会发工资，米袋瘪了可上粮店，管它老天是大哭还是小嚎，纵使油缸倒了自然有人去扶。

城里人虽然心宽，也经不起老天接连数日抽泣哭嚎。一旦恼了烦了，也会抱怨老天不应该这般没完没了，弄得人们早起不能出门舞剑，傍晚不能上街散步；骑了车子要擦，污了裤子要洗；被褥泛潮，尿布不干。张伞上街买菜，菜价贵得咋舌。于是巴望天泪顿收，笑脸立绽。最是大姑娘小妇人，苦盼着老天爷放晴，一日两头骄阳媚月，好让那新买的裙子在如歌似诗的爱恋、倾慕、艳羡中多荡漾几日。可恼老天用那飘零的雨丝儿浇凉了她们的兴头，心想这般冷凉天气，穿了裙子一来招人取笑，二来冻伤了两条美腿，不得已心灰灰地收起裙子，套上长裤。

183

老天却自顾悲伤，自顾流泪，间或收敛了水水浆浆的情绪宣泄，可那脸儿依然沉着、阴着，忧忧怨怨的心事凝集成水泡吊在虚空，一副不能惹逗随时破裂倾注的阵势。偏巧那些鲜丽正盛的花花朵朵，绿到极致的叶儿枝儿，好不容易争先恐后达到了俊俏的顶点，妩媚的极限，却同时耗尽了绚烂的心血，芬芳的元气。大丽花刚刚红透、紫透、黄透，牵牛花刚刚攀上篱笆墙头，波斯菊刚刚仰起小巧的面孔，连那血气两亏的蜀葵，也顽强地维持将衰的红颜，为的是在那先逝的牡丹、玫瑰、丁香和将要分娩的九月菊之间，续上幽幽的艳歌，可怜这些阴柔有余的生灵，经不住清晨三分霜、傍晚四面风，经不住秋气的肃杀蹂躏，抖抖索索着红颜急退、芳魂远遁，憔悴成碎片残瓣任风扫掠归于污泥。老天目睹此番情境，忍不住又要叹息两三次，哭泣四五日。

这是一支随想曲

如果把南川河比作西宁腰上一条银带，那么，在新宁桥和五四桥这两个带环间，镶着一块长方形翡翠——小公园。

西宁发福了，腰围渐渐变大，狭小而色泽灰黄的腰带与它庞大的身躯不甚协调，唯独这块翡翠，熠熠地透射出它周身的灵气。

身处西宁腹地，安命楼林路网中，小公园用绿色宣示自己的存在价值。它长不足一里，宽不及十丈，几方花圃开不败红橙黄紫，四周杨柳拂不完八面来风。晨风暮雨，午燥夜阑，有意前来寻趣，无意顺路赏柳，皆因来去方便。比起人民、胜利、南北山公园，说它好在不收门票，未免有点儿俗气。

小公园南头，数株青杨，几行旱柳，筛下半地阳光，挽住几丝清风。枝杈间，铜钩儿吊着大小不等的竹笼，囚着那羽衣歌手，诉不尽的婉转心肠，说不完的啁啾情话。此处玩鸟者，多是离退休老人。他们或单手提一笼，或用细棍挑两笼，或挑两笼又提一笼，蹈晨光冒午热聚于树下，揭去或元青色，或靛蓝色笼罩儿，一时间，画眉点头，百灵翘尾，似长风灌满玉箫，纤手抚动箜篌；又似银铃滚进空谷，金豆洒落珀盘……玩鸟者一个个神容清爽，慈眉善目。几十年风尘劳碌，宦海沉浮，到头来倒被几声啼鸣牵出是非坑，语动眸回间，全然是超凡脱俗之态。养鸟人爱鸟如爱子，心疼鸟儿唱久了肺劳气亏，半小时之内定将笼儿摘下来，从衣袋掏出盛有蛆虫的小瓶，用两根手指小心夹出两条喂给小鸟，蒙上罩儿让其歇息。也有那刚入门就得了一只活泼勤快鸟儿的，鸟音灌耳忘乎所以，或忘了让鸟儿歇息，或出于好胜跟别人的鸟儿比口，弄得从此敛口不唱了，这才追悔莫及。

　　下象棋者老中青人数相当。就地铺下细帆布或牛皮纸棋盘，七八人十几人团团围定，里圈人蹲着，外圈人双手扶定膝盖弯腰站稳了，伸长脖子从人头空隙往下瞅。消遣快乐为主，输赢高下为次。不论文韬武略、老谋深算，也不论血气方刚、抵虎之犊，相对一阵，三声杀两声将，彼此识得对方虚实，便觉知足，胜不为荣，输不为耻，双方点头告别，下次再见，闪身腾出位置让能人出山。观棋者多，难免七嘴八舌各抒己见，这对对弈者倒是一种考验，能在众说纷纭中不浮不躁，潜心思索自己的路子，把握自己的主见和自信心，确乎不易。有那主心骨不坚的，自己下棋受观者操纵，人云亦云，随波逐流，几步乱了方寸，输得糊里糊涂。世上人外有人，天外有天，和别人对弈，能悟出一着高招，识破一盘残局，倒也不甚难。只是盘上三十二子，虽然包罗万象、变化无穷，充其量不过是在条条框框内做文章，演日月，悟透这点的，似乎古来少有。

打麻将、甩扑克、摸牛九的，上岁数者居多。彼此相约几个知己投脾气的，带上折叠小凳，赶早来到，选定一处半阴半阳风爽地点，围着租来的小桌坐稳了，一玩就是一天，非天气骤变不收摊。从红桃梅花、鱼儿天爷、东西南北风中寻找失去的童趣，把那些家务烦恼抛在脑后，牌运不济、手气不顺的，脸上贴几绺纸条，头上反顶一帽或数帽，乐得暂时失了老人尊严，显几分玩世相。有那老伴儿有心术的，派一个孙儿跟随左右，见爷爷跌入牌趣不能自拔，贴在身边娇娇地喊几声"爷爷、爷爷快回家吧，立逼老者扔下牌片，站起来活动活动坐硬了的腰身，说好第二天相聚的时间，牵着孙儿小手，哼着花音二六或西皮流水离去。

穿元青、深灰、普蓝色大襟衫的老妇们，最喜听盲艺人唱曲儿。乡村民间盲艺人摸熟了小公园的水头道路，每日前来卖唱。唱者有男有女，有老有少，或一人单唱，或夫妇合唱，或一人弹弦一人唱。琴弦功夫不论，咬字真切、吐音清爽者，最受老妇们青睐。有的盲人肚里货少，唱三五句停弦拉杂，一两次收得三五角，三四次绝少有人问津了。有那天资厚实的盲人，三弦拨得铿锵，开口就是大传，唱《白鹦哥吊孝》，唱《苓母教子》，唱《林冲买刀》，其间也夹唱一些小段，如《劝世人》《十不清》等。唱到动情处，语言凄凄，弦音楚楚，惹得老妇人们眼皮儿发潮，撩起大襟从怀里摸出三五分投在盲人的草帽里。慷慨的，投放一两角似不尽意，或给盲人点支香烟，捧杯茶水，抓一把炒熟的大豆、瓜子；那吝啬的，听了曲儿舍不得掏出一分，免不了被给钱多的老妇人斜瞅几眼。

有时候，一两个装扮入时的年轻女郎或神色疲惫的中年妇女，在花前柳后转悠，朗目秀眼在人伙里寻那算命测字看相的，一旦寻得，凑上去求卜过去未来、吉凶祸福。算卦者见风使舵、顺坡上驴，说一通："谋事在人，成事在天……""天庭饱满，地阁方圆……""龙章凤篆难成仕，獐头鼠目乃为官……"，说得头头是道，诱那轻信者憨憨地往他手里送票票。

论红火，要数唱花儿听花儿了。唱花儿的人不常有，偶尔从乡下进城来，两盅烧酒下肚，按捺不住唱的欲望，蹲在树荫下哼几声；不过瘾，禁不住放开了嗓子。高原人爱听花儿，尤其农人，兴冲冲围拢上前，给歌手平添了几许勇气和信心。于是，声音越唱越亮，词儿越唱越艳："……维下个花儿活人哩，我老了，年轻人领上走了……"大凡男女都爱听有情有意的心灵倾诉，每听完一段，听懂了的笑起来，听不懂的也跟着笑起来，笑声引诱来往行人越围圈儿越大。那些蹲在歌手前后的乡里农人，见围观人中不乏鲜衣亮帽的城市公民，不乏目朗唇鲜的风流仕女，流露出十二分得意和自豪。

有那百无聊赖又不想下棋、打牌、听曲儿的闲男庸女，或摸出一枚分币从小人书摊上租本书翻翻，或钻进茶园斜在帆布折叠躺椅上，要一个盖碗茶、二两大板瓜子、半斤烧酒，悠哉游哉泡去半日工夫。

尕公园所以红火，还赖那些匆匆过客。有些人乘顺路之便，仄身柳下休息片刻；有些人忙里偷闲，钻进来听两声鸟语，闻几缕花香，他们北头进南头出或南头进北头出，走马观花，拾一叶趣事，摘一瓣风流，兜一怀清风……

有玩的，少不了卖吃喝的。冰棍汽水米花糖，瓜子大豆花生米……吃酿皮、凉面的，多以卖主清净程度为选择前提。卖主殷勤和气、穿着清爽、手脸洁净而又佐料、花色齐全的，吃者最多。三角钱买得一碗，有滋有味吃下肚，经济实惠，卖者、买者皆大欢喜……

笔者居家市郊，无缘早晚涉足小公园。想那早晚景况，决不亚于白天，古稀翁妪延年益寿，壮男俏女谈情说爱，岂能舍此风水宝地？

第五辑

189

巨 人

　　你的生命始于秋。秋是收获的季节。天因收获后的宁静而悠远。地因收获后的空旷而深沉。人因收获的丰厚而喜悦，而满足。这又是2008年的秋。经历了地震大悲和奥运大喜的起落，人们仰望你的诞生、你的存在，思想多了一些成熟，情感多了一层冷静。你的诞生，又恰逢时代变奏的华采段落。十一届三中全会掀起的改革巨浪，推涌三十年突显的光彩，已在西宁洒布了绚丽的投影。这种时刻你以一百八十八米的高度耸立西山，俯瞰西宁又被西宁托举，真可谓应了天时地利人和。

　　你庞大的骨骼取材于五湖四海。具备大地的厚重，大海的气概，钢铁的坚硬，树木的柔韧，石头的顽强，玻璃的透明，珍珠的亮丽……这来之大江南北的形成因子，由于具备棉花的纤维，高粱的性格，鱼的气味和鸟的华美而混合出某种模糊的生命形态。

　　你独特的气魄生发于五千年华夏文明的丰厚底蕴。你从你的始祖开始就习惯于虎踞峰巅俯瞰众生，或挺身庙院吸纳四方香火。你的近亲大雁塔、灵谷塔、六和塔以及这塔那塔，至今还证明着自己的存在价值和文化境界。你又坦荡地吸纳包容外来文明，使你的气韵既具备黑头发黄皮肤的传统魅力，还揉进了西欧南美的风光气息，让你的体态既有法国埃菲尔铁塔的典雅，又有加拿大多伦多电视塔的庄重。你明快又深邃的性格，既得之于长江头的执着狂放，又得之于长江尾的开阔从容。你用沿海的发达修补高大陆的缺陷，又用高原的质朴厚重影响江南的隽秀柔美。你用西宁的眼仁放射上海的目光，再用上海的呼吸滋润西宁的肺腑。你的性格在内向与外向的相互补充、渗透中自成一格。

你的形成和存在，是传统形态与突破理念的一次有机结合。塔，不再仅仅体现宗教尊严和凝聚信仰。你添加了宏扬民族尊严，传播先进文化，吸纳多维信息的功能，还兼顾旅游休闲娱乐。你是塔非塔，是物质又是精神，是政治、经济与文化的综合载体。你还兼任公证的职责。你俯瞰身下起伏的西山山脉和为了衬托你而被花木覆盖的坡涧沟壑，你远眺城区五彩缤纷的巨屋广厦和为了对应你的稳固而流动不息的车水马龙，你放眼西宁周边逶迤远驰的山脉和云蒸霞蔚的丽川秀水，追想她们往昔的单调，记录她们眼下的丰采，设想她们将来的模样，而西宁的主人与来客，也是在仰望你的伟岸，观览你的仪表，欣赏你的风尚的同时，把你奉为他们心目中一颗璀璨的明珠而欢心鼓舞。

于是你就有了众望所归的名号——浦宁之珠。